U0134402

浮生

生

若夢

且光 著 ————

作者簡介

且光

兒時只求溫飽，時會飢寒交逼。
少時喜歡讀書，奈何無此福緣。
未能海闊天空，時常迷惘失落。
哀人生喜怒樂，悟世情本如此。

目錄

1. 沒有星光的夜晚

　　印度北部城市烏代浦 Udaipur 冬天的晚上，涼風一陣一陣的吹着，卻也不會使人覺得寒冷。

　　一對從香港來的男女在街上蹓躂。男的眉宇間隱隱帶有歲月風霜的痕迹，清瘦的身材，穿着簡單的牛仔褲，上身米灰色外套，毫不起眼。女的長髮披肩，身穿粉紅色的外套，紅色的闊身長裙分佈了黃色碎花，走起路來輕盈飄逸，甚有出塵之感。

　　他們在近黃昏時專程去探訪湖之宮殿，卻發現已經給人包場做婚禮活動，看着一輛輛房車在碼頭前停下，幾個精神飽滿的門僮忙着拉開車門，恭迎賓客。身穿民族長袍，用頭巾包着頭的男士們，與穿着色彩鮮豔莎麗（saree）的女士們，珠光寶氣地魚貫下車，有序地上登了駁船。乾淨整齊的駁船很快便會坐夠了廿十來人，直向湖中的小島駛去。

　　整個小島其實就是以前一個小國的皇宮，現在給改建成酒店。夕陽下水不揚波，湖面泛起一遍金色，襯托着皇宮就像是獨一無二的藝術珍寶。

　　不過，他們二人卻被拒之船外。

「彼得，聽說鐵金剛勇破爆炸黨就在那裏取景拍攝。」清脆的聲音響起，年輕的女子指着前面說。

「我知道，在拍攝期間，我印度朋友的弟弟，就是拍攝隊的隨隊醫生。」彼得說：「如果你喜歡，我們明天早些再來。」

「不行呀，明早去齋浦的航班是七點鐘，航班行程在孟買時已經訂好，錢亦付了，不能更改的。算了吧，世事豈能盡如人意？」

晚膳後，他們散步行回酒店。夜幕低垂，街燈疏落昏暗，街道兩邊的舊房子稀疏地亮着暗淡的光，只有不遠處依稀看來是一間小店舖較為明亮。

可能還沉醉在黃昏時的美景。兩人都沒有說話，只是靜靜的走着。

彼得首先打破了沉默，「哉詩，你知道怎樣回到酒店嗎？」

哉詩轉身望着他，「怎麼啦？」順着他的目光，她看到了前面的小店舖門外，放了一張小桌子，桌上放着啤酒，圍坐了四個青年人，似乎都正在注視着她。

「彼得，有問題嗎？」

彼得沒有待哉詩說下去，急促的說：「向前直走兩個街口，轉左，便會回到酒店。記着，眼前無論發生什麼事，

你都先返回酒店！」

此時，小士多前面本來坐着的一個印度青年站了起來，彼得的心飛奔似的盤算着。

接着，再有一個站起來，一齊行出來攔住兩人的去路。

彼得這時已立定了主意，沒有停步，毫不猶疑的再踏前一步。哉詩也緊隨彼得的步伐，也是一言不發的並肩向前行。

眼看面前的印度人伸手向自己推來，彼得不假思索，左手一巴掌搧過去，黑個子舉手隔開，哪知彼得的這一掌全無用力，在快到他面前時已急速的向下滑落，用意只是混淆對方的視線。右手握拳悄悄的由下向上，旋轉着拳頭朝黑個子下顎用力擊出去。黑個子悶哼了一聲，彼得滑落的左手並沒有停留，正在快速劃了一個圓圈，一掌正打在他的右頰上，緊接着左頰上又挨彼得了右手從下劃出小弧形的一掌，原來這幾下招式合起來叫偷手，讓對手難以察覺而從下而上及兩邊連環襲擊。

這時黑個子感覺鼻孔口腔有些異樣，有些頭暈，伸手一摸，濕淋淋的滿手鮮血，心中懼怕，雙手亂抓，還未反應過來。冷不防右腿膝蓋下的小腿骨又結實的中了一腳，痛得厲害，一跤跌倒坐落地上。

旁邊的哉詩此時卻是苦不堪言，她想硬闖過時給扯着

外套，不及那黑廝力大，被攔腰抱着，掙扎不脫。對方的臉貼在她的面上，一陣陣噁心的體臭使她五臟翻滾，難以呼吸。彼得轉過身來，見那廝如此下流，心中大怒，不及細想，踏前一步，一拳擊中他的側面，那廝只好鬆開雙手。

「快走，先走，我會跟上！」他怕誤傷哉詩，不敢乘勢攻擊。

哉詩從未受過如此大辱，此時又羞又怒，重重的給這黑廝來了一巴掌，這傢伙這時全精神放在彼得的身上，竟沒能避開。

彼得扯着哉詩的衣袖，口中催促：「快！快走！」

冷不防左臂已中了對方一拳。他順勢斜身退後了兩步，俯身微蹲，右腳牢牢釘在地下，提左腳往後縮，眼看黑個子正向前衝來，瞧準追來者全力蹬出，正好撐在這傢伙的小腹上，只見他哼了一聲，身不由己的往後蹬蹬蹬的退了三步，餘力未盡，一跤倒坐在地上。趕到的另外二人見此情形呆住了，一時間不敢上前阻撓。

幽靜的街道上只有兩個人急促的腳步聲。

幾分鐘後，彼得繃緊的神經開始鬆弛，覺得有些寒意，原來是汗水已透過了衣衫，他整理了一下衣衫，發覺掌心也濕了。望向哉詩，她卻若有所思的走着，長長的秀髮不時隨風飄起，全然不似經歷了剛才驚心動魄的一刻。

酒店是一棟二層的建築，房間不多。建在小園林中，已經殘舊，兩人走進來的時候，服務台值班的人不知哪裏去了。

　　到了房間的門前，哉詩輕輕的說：「可以進來陪陪我嗎？」彼得微微點頭，隨她進入了房間，開着了燈，關上了門，舒了一口氣。

　　二人相對注視，哉詩頭髮蓬亂，半邊臉像是塗了骯髒的油污，外衣左臂的位置也給撕破了。從她的臉上看到了驚惶的神色。

　　彼得的外套好幾處都沾上了些血漬，手背上也有些血痕。

　　「你受傷了？」二人幾乎同時問。

　　「我雖然也中了拳，不在要害，不打緊。」彼得皺了皺眉頭，望着哉詩。

　　「我沒受傷，只是⋯⋯」她當時只覺憤怒，這時卻愈想愈害怕，愣了半晌，說不出話來。彼得見她不說話，像是想着事情，就說：「你先洗澡吧，我也要回房整理一下，明天早上見吧！」

　　「你想他們會不會找到這裏來？」哉詩突然問，惶恐之色溢於言表。

　　彼得知道她是後怕了，說：「你先坐下來吧！我們分析

一下，你不必太緊張，這些潑皮，他們應該不敢如此明目張膽！」

「他們受傷重嗎？」

彼得一時摸不透哉詩的意思，沉默了片刻，說：「我不知道，第一個我是打了他措手不及，第二個衝到我身前時，他舊力已盡，新力未生。我蹬出的那一腳雖是出盡全力，但對他的撞擊力還不算太大，只不過是把他送出遠些。」說到這裏，他站了起來，說：「瞧你的臉，大花臉似的，先洗洗，我待會再來。」

「先……別走！」哉詩有些急了，訥訥地說：「我不敢一個人留在房間，你能不能陪我談通宵？」

彼得點點頭，進入了洗手間，檢查了窗戶，說：「窗門已關上，沒問題。」他接着走到房間的窗前，望了望窗外面的小花園。心想這房間位於地面，萬一有歹徒潛入，確實不妥，難怪她心中不安，遂順手把半開的窗簾拉上。

「我得回一趟房間，把手提行李袋搬到這裏，馬上回來，你不要擔心。」

彼得很快便回來，還把房間的浴巾和面巾都帶來了。

二人先後洗澡後，彼得用小毛巾沾着酒精把手背上被抓破的地方消毒，然後貼上膠布，說：「小範圍，不礙事的。」見哉詩仍舊望着自己，便解釋：「在孟買來之前叫人

代買的，作為備用，想不到會派上用場。」

哉詩心有餘悸，用梳子不停的梳理頭髮，使水分容易些蒸發。嬌俏的臉上像是帶着抹不掉懊惱。

彼得想分散她的精神，笑着說：「你很勇敢，搧了那廝一巴掌，使他有些煩躁，對我很有幫助。」

哉詩的臉上閃過一絲的笑容，說：「沒有這一巴掌，你也可以應付得來吧！」

彼得苦笑說：「今晚的結局，對我們來說，其實是有些僥倖的。如果他們一來就四個人，就會麻煩很多！幸好我們沒有遲疑，一攔路就動手，先打倒了二個，要不然未必能全身而退！」

「你以前學過功夫的吧？」

「唉，算是學過幾年吧！只不過是為了興趣和鍛煉身體，只有和師兄弟們的互相切磋，很多招式都練得滾瓜爛熟，卻從未真正跟別人打過架。」他指着牀，示意她坐下來，自己也在旁邊的沙發坐下。苦笑了一下，說：「我當時盤算的是你如何能夠安全離開，我全力阻擋他們，你就能先返回酒店。哼，狹路相逢勇者勝，他們沒有料到我們不答話就動手。」

哉詩靜靜的聽着，見他停了下來不說，不自覺的眼波流轉，嘴唇緊閉，微微的點頭，示意彼得繼續說下去。

「我師父是個武痴，自少便對武術着迷。教導我們時從不收錢，純粹為了興趣而已，他有自己的正職收入，算是小康之家。倒是師兄弟們過意不去，每個月湊些定例，推舉由我保管安排，定期搞些活動，或者一齊聚餐。我那時還未夠二十歲……二十年前的事了，師父和師母都對我很好，過了幾年，沒有嫌棄當時還是小職員的我，想將女兒許配於我。」

「哦，原來你的太太便是你的師妹，很好啊。」

「嗯，要是師妹有你一半的美，很可能當時就結婚了。」

哉詩萬沒想到話題突然扯到自己身上，霎時間臉紅了起來。

彼得望着有些不知所措的哉詩，似笑非笑的說：「你現在應該清楚，毫無疑問，你面前的人，就是一個膚淺之徒。」

哉詩吁了一口氣，帶着挑戰的語氣說：「那你現在的太太一定是個絕色美人了？是吧！」

彼得沒有答話，他本來不想提起這些陳年舊事，尤其是在這個不相幹的年輕女子面前。但不欲她再想起方才那些恐怖的事，靜了半晌，說：「我當時其實已經有了心上人，四年後，愛人結婚了，而丈夫不是我。」

他停頓了片刻，神色有点點哀傷。

「婚禮前夕，我母親接到她的電話。轉達了她再三的囑咐，希望我出席她的婚禮。那晚，她跟我握手，大熱的天時，不知是否冷氣的關係，她的手竟像冰似的寒冷。那夜，又是深夜無眠，我不停的告訴自己，一切都已終結了。

「我那時剛開始了自己的事業，公司除了我之外，只有另外的一位年輕的女生。第二天早上，當我向她交代工作的時候，我感覺得很震撼，因她的眼神像極了四年前跟我分手要離去時，那一刻的另一個眼神，我當時就像被雷電擊中了。往後的事，相信你也猜到了吧！」

「猜不到！還是請你繼續交代吧！」哉詩搖搖頭，一本正經的說。她稍微的低着頭，沒有停下手中的梳子，長髮披着臉，透過披散的青絲，稍為俯視着坐在凹陷沙發上的彼得。而彼得，只能隱約看見一雙黑溜溜的眼睛頑皮地閃着光。

「後來才知道那位讓她刻骨銘心的男生向她提出了分手，她失戀了。從那時開始，我追了她快三年，卻還是猜不透她的心。覺得勉強沒有幸福，準備離開的時候，她卻答允了婚事。」說到這裏，彼得舒展了一下手臂。

哉詩把頭髮向後梳理，側着頭瞧着他，沒有吱聲，看來心情平靜了不少。

彼得笑了一笑，說：「還是印度人省事，婚姻由父母安

排，不會有太多的煩惱。」

「這樣的婚姻，哪裏會幸福？」哉詩不以為然的說。

「難說！印度現在已經有自由戀愛了，雖然數目不算太多，但離婚率卻遠遠比安排婚姻高。我有一個關係非常好的鑽石商朋友節度告訴我，他父親在他適婚前逝世，他叔父給他安排了一門親事，他初時不樂意，婚後卻愈來愈感激叔父。」

哉詩有些懷疑的說：「這樣的例子不多吧？」

「不！應該多的！原來父母安排婚姻，並不是我原本以為全部都是由雙方家長包辦，而是家長先尋覓適合的人選，然後讓年輕人會面。起初會有長輩在場，特別是女方家長，雙方都同意後，才會訂婚。訂婚後六個月內就應該結婚，這段時間是可以單獨出外的，不過不能太密，而且女方回家不能過晚。」

「如果悔婚呢？」

「那就大件事了，對雙方及家庭的聲譽都很有影響，女方的傷害特別大。所以女方家長找男生時會特別小心。節度說，由於雙方家長都清楚了解自己子女的優點和缺點，所以比起年輕人更能找到合適自己的對象。至於愛情，大多數都是從婚後開始，慢慢的累積，終生不渝。」

說到這裏，望着她，哉詩給看得有些不好意思。彼得

卻道：「頭髮乾了吧，你應該也累了！你睡牀，我就在這沙發睡。」

哉詩搖搖頭，說：「我還沒有睡意呢，關於印度，你可以給我講些有趣的事情嗎？」

「好吧！那你舒舒服服的躺在牀上，蓋上被，如果睏了就睡。」他站起來，把外套仔細檢查，沾上血漬的位置剛才已經洗擦乾淨，只是還未乾透，只好再掛起。在行李袋裏取出了羊毛外衣穿上，再把大浴巾摺疊成條狀，放在小沙發坐位與靠背交界的空隙。熄了房間的燈，摸黑坐在小沙發。

「給你說說印度人婆媳之間的戰爭吧！媳婦嫁入了門，通常都會和丈夫的父母同住，照顧家人的膳食是頭等大事。印度的香料種類繁多，放香料的種類和份量亦會令菜餚味道變化很大，每家人都會有自己獨特的口味，小媳婦得拋棄在娘家時的做法，遵從婆婆指導下的各種香料的比例。

「但小媳婦是不會甘心的，她會微調，微微的加重自己喜歡的香料，慢慢的，不能急。不顯山，不露水。幾年的時間，丈夫就會傾倒在妻子的烹飪手藝中……做我們這行業的人因宗教的關係，十居其九都是純素食者……當媳婦有了身孕，到了快將生育的時候，印度有個風俗，一般要

到娘家生產……」

彼得娓娓的說下去，哉詩似乎睡着了。他也累了，沒多久亦進入了夢鄉。

2. 日出的恆河

　　哉詩此時其實還未睡着，她靜靜的聆聽着彼得酣睡的呼吸聲，不好意思把他叫醒，與彼得初次見面的情形卻重現在腦海；

　　多個月前，念中學時最要好的閨密同學在澳洲悉尼結婚了，我受邀來參加婚禮。那時我大學剛畢業不久，還未找到一份穩定的工作，趁着這個機會，想體驗當地的生活，如果喜歡，再看看能不能移民那裏，就在澳洲多住了一些日子。

　　回程時在機場遇上了航班延誤，我坐在入閘口前無奈的等待，聽到了一段有趣對話；

　　「你好！老友！請問是什麼原故，令航班延誤？」

　　「你往下看看，搭橋還有小小空間才能靠攏飛機。」

　　「那需要多長的時間才能搞妥？」

　　「不好說。可能是十分鐘，亦可能明天也不行！操作搭橋的工人剛才罷工，工會正在與資方談判，問題不知多久才會解決。」

　　「我可以下去停機坪把搭橋推前，把這事情解決嗎？這樣大家就可以登機了！」

「哈哈！先生！你一個人幹不了這事吧？力量不夠啊！」

我當時閒極無聊，聽到有人問起航班延誤的原因，不自覺地站起來上前聆聽。這時聽他們說得有趣，忍不住就說：「加上我，力量還夠嗎？」

這金髮英俊的航空公司職員忍不住笑，聳聳肩，一副無可奈何的樣子。

這時發問的男子轉過身來，和我打了個照面。面前的男人，四十歲左右，中等身材，穿着整齊乾淨，一雙明亮的眼睛，深邃而隱然帶出傲氣。我們相對一笑，由此打開了話匣子。

五小時的航班延誤，我們東拉西扯，無所不談。

他原來已經移民來了澳洲，是個太空人，有時間便會來澳洲與妻兒團聚。

這年頭，香港的政治氣氛，壓得人喘不過氣，人心惶惶，有能力的人，誰不想離開香港，或謀一後路？

後來竟然談到了余光中的詩，我心中有些驚訝，心想此人不似是個一般的生意人。但此時廣播要求乘客登機，我問他的坐位在第幾行？坐定之後看看能不能與別的乘客對調。他看了看我的登機證，說：「這事由我來辦。」遂入閘登機去了，走的是優先通道。

我的機位是在進入飛機第一行近窗的位置，前側面便是飛機逃生門戶，腳可以無限伸出。我認為是經濟艙中最好的位置，但旁邊坐了個肥胖的澳洲女士，她粗胖的手臂很自然就入侵了我的領空。怪不得我的老同學告訴我，澳洲有三寶：烏蠅、肥婆、醉酒佬。

　　正在納悶間，空中小姐走過來，很有禮貌的對我身邊的澳洲寶貝說：「有件事不知你可否願意幫忙，這位小姐有個朋友乘坐商務艙，想與你調換坐位，如果你同意，他會非常感激。」

　　胖女士很合作地跟空中小姐去了。

　　他來了，我們繼續天南地北的閒聊。對於初出茅廬的我，很多方面的話題，都令我興趣盎然的。當知道他會常到印度孟買公幹的時候，想遊遍世界七大奇蹟的我，登時想起了泰姬陵。問他可不可以作伴同去印度。他先是詫異，後來聽我解釋實在難以找到同道中人遊印度。想趁現在沒有穩定的正職就前往，將來有了正常的工作，就難以隨時起行了。

　　他同意了，但聲明可能不能全程相伴，如果離開孟買，只能相陪幾天。

　　八小時的航程，在不知不覺間，很快便過去了。

　　漸漸的哉詩也睏乏了，進入了夢鄉。夢中她在黑夜的

曠野中迷了路，只有微弱的星光照着大地，她加快步伐，想盡早尋回原路。突然，有人飛奔而至，向她呼喝：「快停下！危險！」原來是父親。她止步一看，前面竟是懸崖！她大叫一聲：「爸！你哪裏去了？」從夢中驚醒。

彼得聽到聲音醒來，趕忙問：「怎樣啦？沒事吧？」

「沒事！發惡夢了！」

彼得連忙起來開着了燈，看見哉詩坐在牀上。他看了看表，說：「不要怕，或許是受昨晚的事影響了，不要再睡了。你說我們要乘搭早上七點鐘的航班去齋浦，我們早些去機場，早些離開這是非之地。如果未睡夠，就在飛機上再瞌睡好了。」

二人步出房間，服務台這時有人值班，便把鑰匙交給了他，結了帳。還未步出小酒店，就看見花園的柵門前停着一輛三個輪的小的士。司機看見有人從酒店出來，跳下車，打開柵門，飛似的跑過來，搶着挽二人的旅行袋。彼得連忙問：「去機場，多少錢？」

司機一臉輕鬆：「按咪表收費，你們先上車，我給你們提行李。」

彼得放下心來，與哉詩先行上了車。往前面咪表一瞧，借助暗淡的光，原來咪表已經記錄了幾百盧比，彼得不及細想，第一時間伸手把這舊式的咪表騰、騰、騰的轉

了一圈，回歸於零。

這時司機也來到了，這種車是沒有車門的，司機把二個手提袋遞了上來。跳上司機位，馬上開車直至到了機場。

二人攜着行李下車，哉詩把早已準備好的錢交給司機，說：「不用找錢了。」

司機一看急了，看看咪表，忙跳下車來，攔在前面，結巴的說：「不是這個價錢，這價錢太低了。」

彼得撥開司機的手，冷冷的說：「你不是說按照咪表收費嗎？並沒有少給你！我們趕時間，不要囉唆！」丟下呆若木雞的司機，二人快步的進入了機場。

機場空間不大，但燈光疏落，使人昏昏欲睡。已經有不少的乘客在等候航班，有的就臥在長凳瞌睡。

他們在小賣部看見一個電爐煮着的水正在沸騰，便買了兩杯熱茶，找了個偏僻的角落坐下。

「這司機太狡猾了！前二天在瓦拉納西（Varanasi）遇到的人都很好啊，為什麼這裏的人那麼差！」哉詩想着那司機狼狼的模樣，不禁露出了笑容。

「唉，當初我問他價錢，有預備多給些的，畢竟臨近清晨，這麼冷的天氣，他可能等了很久，不容易！但他這樣的作為，應該受些教訓吧！」彼得看看手表：「你還是先瞌睡一下吧，現在距離起飛的時間還有兩小時多些。不用怕

錯過航班時間，我會看看書，到時會叫醒你。」

　　哉詩望着睡在長凳上的人笑了一笑，不屑的說：「你想看我像這些人一樣流着口水睡在長凳上？不！我們還是隨便聊聊好了。」接着說：「印度真是一個無奇不有的地方，前幾天在瓦拉納西，還未天亮時，我們近距離看到焚燒屍體的灰燼掉落恆河之中，而不少信眾就在附近洗澡，祈禱，真令人費解。」哉詩的情緒明顯好轉了不少，她的聲音聽起來輕鬆了很多。

　　「這多虧了你的安排。」彼得由衷的說：「天還未亮就坐小船出河面，看到了日出的恆河，看到印度教徒在聖河中沐浴，洗濯自身的罪孽，對着初升的旭日祈禱，祈求獲得神的祝福。看到了天亮前架起柴薪在恆河邊焚屍，聽說在恆河水葬是一些印度教徒心中的最佳歸宿，但現在礙於種種原因，已經比以前少了。」

▲ 在瓦拉納西，遊客在天未亮時便登上小艇，划到恆河中心，觀看日出。

▲ 清晨時分，信眾在寒冷的恆河水中洗濯身心。

▲ 恆河邊，瓦拉納西民眾迎着初升的太陽，開始新一天。

　　哉詩說：「不過另一天的日出，令我更意料不到。清真廟外喇叭廣播《可蘭經》，一排排，密麻麻的跪滿了回教徒，人數太多，場面實在震撼。」她看見彼得點頭贊同，繼續說：「我們參觀猴子廟時，齊天大聖的子孫就在頭頂和身旁蕩來蕩去，對人毫不理睬，這還不要緊，最過分的是老鼠廟！我在孟買的遊客資訊中心聽說瓦拉納西郊外有供奉老鼠的廟，半信半疑。原來沒有半點誇張，廟內老鼠滿地跑，接受人餵食，與人和睦相處。不是親眼看見，真不敢相信，實在不可思議。」她想起當老鼠在腳邊追逐時自己的

狼狽模樣，定給他瞧在眼裏，不禁看了彼得一眼，內心泛起一絲漣漪。

　　果然彼得笑咪咪的說：「我當時以為有人在跳印度舞呢！我那時完全不知會探訪這樣的一個廟，一點心理準備也沒有，你搜集的資料我都沒看，反正除了孟買，我只去過加爾各答參加過一個婚禮，別的地方我都沒去過，去哪裏都無所謂。印度人對宗教的投入，不是一般中國人可以理解的。印度教多姿多彩的神話裏面，有各種各樣的神，他們會享受很多的宗教節日。在孟買，有時要趕貨，但因為某些重要的宗教節日可能會少了一大半鑽石分貨員上

▲ 在瓦拉納西的郊外，恆河的支流河邊，豔陽高照下的民眾。

班，也是無可奈何。印度人一生都活在色彩繽紛的氛圍裏，衣服，香料，音樂、舞蹈、情歌，都如是。」

哉詩想起那天在酒店吃早餐時遇見的日本攝影記者，已經在瓦拉納西逗留了半個月，為的是要用相機捕捉當地的風土人情。

當時這年輕日本攝影師看見侍應端給她的煎太陽蛋，給予忠告是就算吃煎蛋也要煎兩面，她還未反應過來，這好心人就吩咐侍應要廚房重做，而且是全熟。

「是啊，你還記得那日本攝影記者給我們看他拍攝的相片，色彩都相當強烈。他答應回日本後從雜誌社不用的相片中挑一些寄給我們，你覺得他會做到嗎？他不知何時才能回日本？」她想起這日本人說每天都吃同一樣的早餐，煎兩面的全熟雙蛋加上烘多士，覺得有些好笑。

彼得搖頭，說：「嗯，機會不算很大！」

「為什麼？是他主動提出的。」哉詩不理解。

「對！但她要的是你的地址，你卻叫我把我公司的地址給他。我給他公司名片時，看出他有些失望。」彼得微笑着說。

「我現在有事請教！你為什麼答應和我一齊來印度？」她忽然笑着對彼得說。

「唔……我現在交往的人，多數都是多少有利益關係

的，有話也不能盡說。只有你，我說話時可以無拘無束。你不會以為是自己貌美的關係吧？不是的！儘管你長得不算太醜，也不能算太美啊！」彼得說完，對她笑了一笑。

「哼！不太醜，不太美！這不是中庸之姿嗎？有你這個評價，知足了！」哉詩雖然知道彼得隨口胡謅，是為了分散她的注意力，盡力令她忘卻昨晚的事。但仍感到有些啼笑皆非，不過經這番說笑，她心情倒是平復了不少。

「那你為什麼有膽量跟我來印度，畢竟跟一個初相識的男子一齊旅行，不怕危險？」輪到彼得忍不住問。

她睨着彼得，調笑的說：「你是壞人嗎？我感覺的你還真不是！何況在孟買時你住五星酒店，我住旅館。你公幹，我觀光閒逛，去遊客資訊中心。晚上才一齊食飯，會有什麼危險？對了，這次從香港來孟買的航班，我坐經濟艙，你坐頭等，更容易調位了，你為什麼不和我旁邊的乘客調換？」

「上次在悉尼時你提出過要調位，今次你沒有。」彼得也笑了，說：「其實，來孟買坐頭等，也是近幾年的事，除了可以扣多些稅，也有獎勵自己的意思。要知道，來印度出差是很沉悶的事，你來遊玩，當然會有不同感覺！至於住五星酒店，那有實際需要；第一，廠家都是勢利的，住五星酒店，他們會尊重你多些，條件也好談些。第二，在

孟買我向來都是早些開始工作，晚些才放工，爭取盡早返回香港。我需要有一個舒適的環境，可以好好的休息。不能因為不夠精神而看錯貨，要是作錯了決定，那就出大事了。第三，在印度出頭等機票，比起香港便宜很多，這次來孟買其實是上次的回程票。」

「那這次我是不是耽誤了你的時間？」

「每次來孟買都是做完事即回香港。其實我早就想去看看印度的景物，這次有你相伴，真是求之不得！而這次來到孟買之後，才知道有很多廠家的新貨因為蘇拉特市（Surat）之前電力不勝負荷而延誤，我見到的貨大部分都是剛打磨後還沒有分類好的，至少還有一星期才能完成正常的程序。」他知道哉詩會不太明白，解釋道：「蘇拉特是距離孟買不遠的小城市，打磨鑽石的工廠很大部分都設在那裏，做好後才運送來孟買。這幾年發展太快，電力供應追不上需求，有時會出現停電的現象。」他怕哉詩覺得悶，就沒有再說下去了。

誰知哉詩卻道：「出品的分類，是分等級嗎？」

「對，這個流程也消耗大量的人手，急不得。你試想想一大堆的一粒粒小小鑽石，要受過訓練的人用放大鏡逐粒去鑑別，得費多少時間。也只有在印度，才可以有這麼多的廉價勞工。」

3. 齋浦的風情

　　兩人從齋浦（Jaipur）機場乘坐三輪的士往酒店，這城市亦有粉紅城之稱，沿途所見，房屋很多都髹以粉紅色。

　　到了酒店，哉詩面露靦腆之色，說：「我們只要一間房，二張牀，好嗎？這樣我會感覺安全些，會睡得安穩些！」

　　彼得有些遲疑的說：「好的，你認為可以就行。」

　　辦好了入住登記，哉詩說：「印度真奇怪，好像無論什麼時間入住，他們都容許。」

　　上了房間，哉詩說：「你要不要先睡一會，昨晚你睡在那小沙發，不會睡得好吧！」

　　彼得想節省時間，就說：「我在飛機上瞌睡過了，現在不睡也可以，你呢？」

　　哉詩嫣然一笑，說：「那就跟着我吧！先去餐廳醫肚，然後去琥珀堡。」

　　的士到了琥珀堡前，還未下車，已經有人上前推銷坐大象上山，幾隻大象在等候，其中一隻跪了下來，一問價錢，二人已沒有興趣還價。遂信步上山，快到山頂城堡時另有驅象人和大象等候，價錢便宜太多，二人便坐在大象

背上上到城堡。

　　但看琥珀堡依山而建，佔地甚廣，氣勢恢宏，由奶白、淺黃、玫瑰紅石料建築而成，遠看猶如琥珀。周圍建有環繞城堡的長城，後山上另建有一些較細小的堡壘。地勢險要，想來古時是個軍事要塞。

　　登樓眺望，俯瞰全城，兩人心曠神怡。

　　隨後參觀了數個華麗精緻的大殿堂。途中哉詩想去廁所，發覺女廁門戶封閉，正在維修。無可奈何下，彼得只得先入男廁查看清楚沒有人，才讓哉詩進入，然後守在門外。

　　接着進入了御苑，這是國王與後宮佳麗相會的地方，位於二樓的國王御所，有十二道獨立的樓梯，通往地面由牆壁分隔成的十二所房子，互不通連，各住一位王妃，妃子們無法知道國王到了哪間房間，而國王則在二樓陽台對樓下一目了然。

　　最後是御花園，和殿堂一樣，風格別具特色，與中國完全不同。可惜正值冬季，植物與花朵大都枯萎了，當日遊客不多，兩人正好慢慢瀏覽。

▲ 琥珀堡上的平台，想必是國王偕妃子常到的地方。

▲ 冬天的御花園，花朵大部分都枯萎了。

晚膳的餐廳距離旅館不遠，兩人步出餐廳時看見前方燈火通明，走上前看個究竟，無意中步入了旅館附近的市集，看着熙來攘往的人群，兩人亦放下了警戒之心。

　　許多攤檔販賣着各式各樣的地道小吃，一陣陣食物的香味飄來，吸引兩人駐足在好些食檔前，注視小販的操作。

　　看着他們搓調麵粉，下油鍋，遞給顧客前調放多種的香料醬汁調味。眼看旁邊的人吃得津津有味，雖然吃過了晚飯不久，還是有些心動。

　　哉詩從來沒有見過這些小食的制作，覺得很新奇，臉上泛起了笑容。彼得提醒她，在孟買出發前曾有共識，此行不能在好的餐廳以外飲食。

　　繼續前行瀏覽，只見一個排檔擺設了一張長方形的大枱，枱上密麻麻的鋪滿了杯子，少說也有近百。旁邊的燃燒着的爐灶堆上木柴，上面放的是個巨大的鍋。二人駐足觀看，有人正在把一桶桶的牛奶往鍋裏傾倒，接着放進一大包的糖。

　　柴火燒得正旺，牛奶很快便到了沸點，牛奶的香味滲透出來，吸引了許多人在圍觀。

　　隨即，一個布袋放進了鍋裏，本來雪白的牛奶很快就變了顏色，原來這布袋裝着的是茶葉，啡色液汁正在沸騰。此時的香味更濃郁，圍觀的人也更多。

他們用長勾撈起了布袋，用大勺子汲出熱騰騰的奶茶，倒入二個超長嘴的大銅壺中。突然間，兩個人一左一右，同時挽起長嘴壺把內裏的奶茶淩空傾注入在排滿整桌的杯子中。由外圍開始，同時到達正中間的兩個杯子中，二人一氣呵成，同一時間完成整套動作。

周圍都是等待這一刻的人。

哉詩從一開始便很想試試這種地道風情的印度奶茶，望向彼得。兩人對望了片刻，不約而同的點頭，心中同一樣的想法：「在鍋內煮到沸騰，不怕！」

哉詩付了兩杯的錢，兩人各自拿了一杯。坐在旁邊凳子細細品嘗，後面遲拿的人就要站着喝了。

奶茶燙熱，哉詩挽着杯耳，輕輕呷着，感到茶香濃濃的卻沒有蓋過新鮮牛奶的香味，入口又軟又滑，甜到入心入肺，沁入心窩。

她心想：「雖然這是普通不過的飲料，但如果要飲上這樣一杯富有風情與別有風味的奶茶，就像是人生的許多事物一樣，實在是可遇不可求的。這種外表樸素豪邁，內裏盡是溫柔的奶茶，恐怕這輩子就只有這一次的機會遇上了。」望着面前接踵而過的行人，她又想：「香港雖然物質豐富，但生活壓力緊張，現時更是人心浮躁，哪有像這些人的滿足感都寫在臉上。」

第二天還未天亮，哉詩與彼得在酒店餐廳匆匆的用過了早餐，結完了帳，一同前往了內陸機場，乘搭開往卡住拉荷（Khajuraho）的航班。

　　「本來瓦拉納西比較接近卡住拉荷，但為了遷就航班的時間，只好從這裏出發。」哉詩向彼得解釋。

4. 玲瓏浮凸的裸雕

　　出了小機場，哉詩記起遊客資訊中心職員的建議，找了一輛腳踏三輪車。踏車的是個充滿陽光氣息的小伙子，短小精幹，樣子也討人喜歡。

　　他先接過了二人的行李袋，再招呼他們上車，接着輕輕的把袋放在客人的腳旁。然後輕鬆的跨上車。身材瘦小的他，踩着腳踏，速度也不慢，還可以逗人說話。他雖然英文說得不流利，勉強亦可以溝通。

　　不多久，車子進入了一條小路，路面是泥造的，鋪上了沙，路旁都是樹林或荒野。過了一會兒，車伕跳下車來，推車上斜坡。

　　哉詩和彼得對望了一眼，都下了車行走，想減輕三輪車的重量，讓車伕較容易的推車上坡。那知這車伕拼命的攔住，一定要兩人坐回車上。說這是他的工作，他完全可以應付，客人不應該下車。

　　兩人無奈，只好再上車坐着。

　　哉詩望着車伕彎着腰，努力地推車，說：「為什麼這裏的低階層百姓看來都很滿足？」

　　彼得思索了一下，說：「他們大概都是樂天知命的人

吧！總的來說，他們相信輪迴，如果今生守好自己的本分，來世便會有更好的福報。」

「這不是和佛教一樣嗎？佛教為什麼在這裏消失了？」

「聽有學佛的人說佛教和印度教，都是源自古婆羅門教。佛教嚴格來說算是一門哲學，教義建立在個人修行，禁殺生，認為眾生平等。

而印度教延續古婆羅門教的「種姓制度」將種族分成四種等級，比種性更低下的賤民，只能從事被認為是最下賤的工作，例如我們在恆河邊看到的處理焚燒屍體的人，如果不幸觸碰到，就會被玷污了。

從前的印度是地區名稱，分成眾多的國家，佛教曾經在印度北方，亦即是這一帶的國家盛行。但後來穆斯林入侵，殘害異教徒，佛教首當其衝。印度教徒因信奉種性制度，較易統治，所受逼害較少，不過我對這方面的認識不深。」

「嗯，我看過一些資料，印度的地理很獨特，東北部面向喜瑪拉雅山脈，只有西部和北部朝巴基斯坦、阿富汗的方向，有兩個狹窄的山口通道，從山口進來，就進入一望無際的大平原，本地人根本無險可守，原住民不斷地被外來的遊牧民族征服，新的民族又被更新的民族征服。」說到這裏，車伕已把車推上了斜坡的高處，翻身上了車。這時

他輕鬆了，繼續搭訕。

他努力踏着三輪車，突然轉身，對哉詩說：「你漂亮，但不算很美，如果穿着印度莎麗，更美！」

哉詩還未及回話，他又說：「我太太穿莎麗，很美！」

聽了車伕說的話，彼得忍不住笑了出來，調侃說：「這傢伙說你漂亮是瘋話，你千萬不要當真！」

哉詩也忍不住笑了，橫了彼得一眼，說：「別人損我，你就開心！」

談笑間，三輪車又到了另一個斜坡，車伕再次下車，推着車上坡。

「你信佛嗎？」哉詩問。

「我的理解是：真正的佛教徒是要通過自我的修行去悟道，來參透人生，勘破生死，到達智慧的彼岸。這與坊間的所謂信佛者大相逕庭。」彼得唏噓地說：「還是孔夫子貼地，未知生，焉知死？」

哉詩一時摸不着頭腦，抗議說：「你答了我的問題嗎？」

彼得笑着說：「答便是不答，不答就是答了。」

「明便是不明？不明就是明了？還是基督教簡單直接，信便是信了，只講一信字。信耶穌，就得永生，如此簡單，何樂而不為？」哉詩想了片刻，又說：「這也是佛教難

以和基督教競爭的原因吧？正統佛經用大量的佛學專有名詞翻譯，甚至用上古天竺文音譯。晦澀難明，那及得上聖經容易明白。」

彼得點頭說：「是呀！你看我們去過的瓦拉納西恆河一帶的地方，本是二千五百多年前佛祖釋迦牟尼悟道後一段頗長時間講道的地方，一千三百多年前唐朝玄奘法師也在此地逗留七年之久。本該是佛教聖地，但是現在有何痕迹？我們連佛寺都見不到一座！反而我在耶路撒冷的聖墓教堂曾經參觀瀏覽過，據說是耶穌墳墓所在之處，感覺是實實在在的。」

過了一會，目的地到了，走近一看，彼得嚇了一跳。面前出現的是個石雕刻建造成的建築，所有的石雕刻像都是裸體的男女，許多正以高難度的姿勢進行性交歡，栩栩如生，浮雕手工精美得難以形容，再仔細看似是個廟宇。他從未想過會跟哉詩觀看這種玲瓏浮凸的性愛雕刻，不由得大感尷尬。他偷看了哉詩一眼，見她好像若無其事，只是緊閉着嘴唇，神色稍微嚴肅，看不出她心中所想。

彼得內心疑惑，不知眼前的這個年輕的女子，為何會和一個認識不是很久的男子一同去觀賞這些無底線的色情浮雕。無論如何，如果當初她是被誤導，而今會不會覺得尷尬難堪？想到這裏，他平靜的說：「我們回去吧！」

等候的三輪車伕覺得有些奇怪，從未見過有別的遊客，大費周章的到來這個世界著名景點，就只逗留了不滿十分鐘？

兩人各懷心事，默默的坐上了三輪車，很快便到了另一個用石刻浮雕建成的廟宇群，同樣雕刻造工精緻，但建築物比較細小，雕刻的都是人和動物，遠不及先前震撼。

兩人在此處逗留了好些時間，便回到三輪車上。

此時未到中午，天色卻漸漸暗了。兩人都靜默不語，腳踏三輪車經過樹林，只聽得風吹樹葉沙沙的響聲。

哉詩打破了沉默，說：「你看這車伕衣衫單薄，很可能不夠禦寒衣服。你反正還有一件薄羽絨外衣在旅行袋，就把身上穿着的羊毛外衣送給他吧！就看你捨不捨得？」她此時心情不爽，心想因為自己一時失誤，與他同看那些色情浮雕似乎頗為不妥，且出個題目看他如何推搪。

那知彼得道：「豈曰無衣……」便停了下來。

哉詩順口接過：「與子同裳……」

彼得哈一聲笑出，說：「我不是不捨得！但其實他最需要的不是我這件羊毛外衣。既然你如此說，我會給他這件茄士咩羊毛外衣同等價錢的現金，讓他可以選擇去買他真正需要的東西，而我也不用再花時間去再買另一件。」

三輪車在機場旁邊的餐廳前停了下來。

哉詩先付了車費，車伕輕聲說：「請再多給些小費！」

彼得把準備好的另一疊印度盧比遞給了他，車伕一看，眼睛登時亮了，馬上撇下了哉詩，迅速的把鈔票放入衣袋，然後對彼得作出了抓飯進口的姿勢，不停的哈腰哀求：「我有三個孩子要養，很窮，請再多給小費！」

「已經夠多了！太多了！」彼得皺了眉頭連續說。

車伕充耳不聞，跟在後面不肯離開。

哉詩看見他這副模樣，心生厭惡，之前對他的好感一掃而空。

兩人快步行前，擺脫了車伕，進入了餐廳。

「哼，人心無厭足！印度人都是這樣的嗎？」哉詩感到有些失落。

「這樣的人，全世界都有吧！」

侍應遞上了菜單，他們點了咖哩羊肉，奶油椰菜花，香草番茄薯仔和烤餅。照例吩咐熱水要到滾透的熱度。

看着哉詩吃得吃津津有味，彼得讚道：「這烤餅剛剛烘起，配上這帶着骨的新鮮羊肉，妙不可言。切成小花形狀的椰菜花，都做得很出色，想不到這種地方，也能有此手藝！」

哉詩喝着開始冷卻的開水，忽然問：「你覺得第一處的浮雕怎樣？」

彼得沒料到會有此一問，只好說：「精雕細作，難得一見。」

「那你為什麼好像是逃走一樣，速離現場。」

「唉，我不是假道學，只是怕你會尷尬不安。如你不在，我定會逗留多些時間。至俗即是至雅，這實在是難得的藝術珍品。」彼得只好老實的說。

哉詩本來想找些事來揶揄彼得一番的，聽了此話，心裏有些感觸，卻一時間不知再說些什麼才好。

他們進入了這小機場，還有半個小時飛機才會起飛。哉詩指着小賣部內一種外表像可口可樂叫 Thumbs Up 的氣水說：「這是什麼汽水？」

「你剛剛吃了些濃味的食物，如果想飲些汽水中和一下，試試這款汽水，看跟可口可樂有何分別？」

哉詩喝了少半樽的 Thumbs Up。說：「味道是有些相似，但還不能跟可口可樂相比。」

「聽說可口可樂以前曾經在印度設廠，後來印度政府借口為了國民的健康，要求要可口可樂公司向政府公開配方。可口可樂公司只好用蔗渣般的價錢，賣出了設備和廠房，撤出印度市場。你飲的 Thumbs Up，就是這廠房的出品。這是他們印度人說的，也不知是不是真的。」

5. 日落的泰姬陵

當二人抵達泰姬陵的時候，已經是下午時分了。他們匆匆的把手提袋存放在入口處，付了費用，便急不及待朝主建築陵墓走去，上高台前有二個選擇；

一是脫了鞋自己拎着。二是付費買一雙用布做的鞋形袋子套在鞋上。兩人選擇了後者，步上高台，繞了一圈，進入了陵墓。

面對這座美得無法形容的陵墓，兩人此時的心境卻各自不同。

哉詩來之前在孟買遊客資訊中心做了不少的資料搜集，清楚知道泰姬陵背後的故事，令她更投入的欣賞。

彼得只是久聞泰姬陵的大名，剛才略略了解其歷史背景，此刻感覺得有些虛幻。這是一個別有喻意的地方，為什麼會與哉詩共遊此地？

他們仔細的欣賞了鑲嵌了各種彩色寶石的白色大理石建築，彼得心想：這得花費多少人力，物力，財力去建造？又令多少無辜的百姓遭殃？

出了墓穴，兩人緩緩地在平台轉了一圈，慢慢的走到了園區，長長的水池浮現出泰姬陵的倒影，映襯出意想不

到的效果，更與泰姬陵共同構成一幅完整的圖畫。

在園區流連了一會，太陽開始落下，遊客紛紛的走往大門口離開，哉詩環顧一看，還剩下幾對繼續逗留的年輕男女，心裏依依不捨，暗嘆了一口氣，隨着彼得離去。

▲ 在平台上觀看泰姬陵旁邊的河流

回到酒店，他們先付費請酒店的職員去火車站買翌日下午去德里的頭等車票，第二天早餐後取了票，便攜帶着手提行李去遊覽雄偉的阿格拉城堡，這座用褐紅色岩石建築的城堡，與泰姬陵遙遙的隔河對望。同樣地不只是軍事上的堡壘，也是皇帝的宮殿，不過建造在平地上，雖然宏

偉，卻似乎不及建築在山上的琥珀堡壯觀細緻，遊客也明顯比泰姬陵少。

兩人在寬廣的大殿平台上眺望對岸的泰姬陵，哉詩說：「這裏望過去，泰姬陵更似塵世間的仙境，飄逸不凡。」

「泰姬陵四周都是荒野，突然間出現像你所說的塵世間仙境，所以更顯飄逸不凡！」彼得順口說。

「哼！鸚鵡學舌，不是大丈夫所為！」哉詩語帶諷刺。

「在你面前，豈敢做大丈夫？做⋯⋯」彼得本想跟着說：「丈夫足矣。」但馬上意識到語帶雙關，甚為不妥，大家萍水相逢，豈可輕薄人家？連忙把下面的話咽回肚內，事出突然，導致呼吸不順，咳嗽了幾聲，總算掩飾了過去。

哉詩明白他想說的玩笑，心裏泛起了一些異樣的感覺，看見他的窘相，微微一笑說：「慎言！當心亂講話會有報應！」

到了火車站，看見普通席的車廂塞滿人，還有人正往上火車頂上爬。

幸好他們乘搭的頭等車廂內不設站立位，軟席坐位尚算舒適。

火車徐徐的開動了，不時會有些搖晃。

這幾天奔波勞碌，難得這樣舒服的坐着，哉詩這時想閉目休息一會兒，但生怕睡着時不自覺的把頭挨在彼得的

肩上，那多難為情？唯有找些話兒，保持清醒。

「看看窗外的風景，都是田野和村落，視野寬廣，只是不時會見到垃圾堆積如山，大煞風景。」她搖頭說。

「嗯，雖然是不停站的快車，車速仍然太慢了！」彼得若有所思地應着。

「你在想些什麼呢？」她問。

「哦，我是想起初次去日本時的情況，那時乘坐新幹線火車，速度之快，跟現在相比簡直是天壤之別！」

「嗯，新幹線火車是全世界最快的嗎？如果初次去日本應該先去哪些地方？」

「如果你有興趣，我把初次去日本的經歷慢慢的跟你說說。」

6. 風雪哭神州

「漫長的文化大革命還在國內鋪天蓋地的進行，那時還不知道再過幾個月就會結束。我的所謂初戀卻很快便完結了，快來快去，失落失望，痛不欲生！

我罕有的請了假，第一次踏出國門，開始了人生的第一次流浪。

日本一直以來是我想到的地方，到了東京第二日早上，我幸運地遇上了平生的第一場雪，望着鵝毛般的飄雪，感覺到大自然的神奇，鬱悶的心情也稍為紓解。

聯絡了客人，把身上帶着的兩隻貴重的手表分別交給他們，點收了錢，在旅館的房間裏把錢放在特別縫制的貼身內衣口袋裏。這帶貨交客的收入，預期會是此行開銷的大半。而這些錢，在回港前，我會用來買 Nikon 相機鏡頭，精工表和 Casio 表某些在香港沒有或缺貨的款式，帶回香港交給客戶，這些訂單都是我利用工餘時間與各方面洽談得來的。

開始瀏覽東京，為了省錢，雖然只懂很少日語，我按計劃一連兩日參加了兩個不同的日語本地遊覽團。

這天黃昏旅行團散隊，我獨自逛了一陣，那時，東京

的物價，比較香港，實在是太貴了，我在地下街找到了一間不設坐位的平價小麵館，點了碗最平價的麵，內裏只有湯和麵，吃罷，獨自一人步行回小旅館。

寬闊的街道上，晚燈尚算明亮，凜冽的風一陣一陣的吹來，寒氣刺骨，路上了無一人。

隱約見到遠處有一團色彩繽紛的風直捲過來，愈來愈近，看得真切，原來是幾個青年男女，看來比我小幾歲，都穿上顏色鮮豔的運動服裝，純真的面孔，似是學生的模樣。揹着滑雪的用具，興高采烈的踏着大步走來，就在看來彼此會擦肩而過時，他們卻在面前的地鐵站口嘻嘻哈哈的走下去了，街上很快便回復到先前的寂靜。

我默默的再走了幾步，突然間，腦海中出現了另外的一幕；無數的年輕人身上都穿着灰藍色的衣服，慷慨激昂的揮舞着紅色《毛語錄》，對歷史文物盡情破壞的影像。

想到現時中國大陸的落後、動亂、民生困苦，文化大革命的浩劫還不知何時何日才會結束？中國人的苦難何時才到盡頭？

反觀戰敗國日本，卻已進入了現代化，民眾守法守秩序，彬彬有禮，百姓安居樂業。國情差距實在太大了！

再憶起自己從十四歲從內地來港，輟學出來工作，多少委屈都得默默承受，多少辛酸都往肚內咽，何曾有過舒

心的日子？

突然間，淚水不由自主的奪眶而出……寒風呼呼的繼續吹着，穹蒼下，大街上，人蹤渺，只剩下孤單的一個的我，一邊行走，一邊不由自主地哀傷痛哭，良久不能停止。

翌日，我大破慳囊，乘坐新幹線火車前往京都。在東京車站月台買了份便當，在車廂內進食，風味絕佳，這是我此行最奢侈的膳食！

聞名已久的新幹線子彈火車，舒適和速度果然名不虛傳。望着窗外的景物瞬間往後方遠逝，想起國內火車的時速和服務的不堪，心中一陣陣的哀痛。

探訪過京都金閣寺、銀閣寺、清水寺、祇園等等的名勝後，我參加了本地團去奈良，即日來回，目標是東大寺，也是此行的重點。全部旅程都是為了神遊我們棄之如敝履，人家視之如珍寶，現時中國早已經消失殆盡的唐朝長安古風韻。」

哉詩慢慢的聽着，沒想到彼得有過如此的經歷，如此的情懷。過了一會，她緩緩的說：「先天下之憂而憂，後天下之樂而樂，能有多少快樂的日子？做人未免無趣！棄我去者，昨日之日不可留。不是應該要活在當下嗎？」

彼得嗟嘆說：「對！亂我心者，今日之日多煩憂！想不到你年紀輕輕，如此豁達，我遠不及你！」

哉詩苦笑說：「唉，我講講還不容易？！」

列車在鳴笛中繼續前行，過了一會，哉詩說：「我在前人的筆記上看到，美軍在日本空投炸彈時期，梁思成曾上書美國政府，勸喻避開京都，美國政府從善如流，使這座古都美麗的古建築物得以保存，不知是真是假？」

彼得沉吟道：「以梁思成對中國古建築的熱愛，我相信他真的會上書美國政府，不過美國不轟炸京都也可能有別的考慮，你看他們保全日本皇室，以便於後來的統治就知道。」

「梁思成和林徽因這對夫妻志同道合，令人嚮往。你覺得徐志摩苦戀林徽因是真的嗎？」

「世間事，難分真假。當我們認為是真，可能有一半是假的。當我們認為是假，也可能有一半是真。」彼得笑着說。

火車到了德里，已近黃昏，因為沒有時間限制，他們先去了甘地陵。

▲ 斜陽夕照下的甘地陵

　　遊罷甘地陵，在酒店附近的一家餐廳晚膳時，彼得示意哉詩把面前的碟子遞高，手中拿起勺子把一些羊肉煲飯放進了她的碟子中。

　　「香港的羊肉果然比不上印度。」哉詩試着把羊肉飯和着奶油黃豆蓉伴着吃，然後再試波菜蓉煮淡乳酪塊。

　　「明天傍晚我就會飛回孟買。」彼得望着哉詩說：「我不在，你要多加小心！」

　　「我正想與你商量一件事，如果你覺得不方便就作罷。」哉詩有些遲疑的說：「我也想和你一齊回孟買。」

　　「這有什麼不方便？其實你一個人繼續行程，我也有點

不放心！」

「不過你可不可以帶我一起工作？我想見識一下鑽石行業，亦當是職業訓練。你放心，我就算幫不上忙，也不會影響你工作的。」她帶着期待的眼神說。

彼得尋思片刻，微笑着說：「我可付不起你的工資。」

她顯得有些興奮，帶着笑意說：「你答應了？要不要收學費？」

「這樣吧，在別人的面前，你就當是我的侄女，也是我的職員，在印度這個保守的社會，這樣會比較方便。如果你仍然信任我，明晚回到孟買，你就不用住別的酒店。因為我住的酒店一個人或二個人入住都是同一樣的價錢，而且包自助早餐。當然仍是二張單人牀，如此，你就不用再付費用了。」彼得接着說：「沒有工資，膳食由公司出數，學費全免！」

哉詩笑說：「好的，都依你！」似乎，接下來的景點，已經不是那麼重要了。

出了餐廳後，他們在大街遊逛，在新德里的時間，應該不會太多了，剛才吃得太飽，正好散步消消食。走過一段寬闊的行人路，看見有人把一些木板堆起生火，每隔不遠處就有一個火堆，三五成群的人圍繞篝火取暖，有些人已經把麻布袋鋪在地上，蓋上破舊的氈子躺臥着，準備睡

覺。街上的行人對他們視若無睹，他們也對經過的人毫不理睬。

哉詩說：「天氣並不太冷，他們的衣服看來也不算單薄，為何還要圍着火堆取暖？」

彼得嘆道：「可能他們吃不飽，亦可能漫漫長夜，氣溫還會下降。你沒有在內地經歷過大躍進的飢荒時代，沒有試過寒與飢的滋味，是難以明白的。」

第二天，二人遊覽了大得難以形容的賈瑪清真寺，在四方的平台大廣場上，一群群的鴿子在飛翔。

▲ 全國最大的賈瑪清真寺，鴿子在遊人面前飛翔。

來回清真寺的路上有個小公園，有人把巨蟒放在遊客的肩膀上，讓人拍照，為安全起計，左右及後面三個方向都有人在旁照應。當然，這是要收費的。收費多少就視乎你如何接受活生生的巨蟒蛇遊走在你身上，你隨便給一個價錢，他們也可能會接受的。

還有，盤膝坐在地上的老人，吹着中間貌似葫蘆的笛子，眼鏡蛇會隨着笛聲起舞。你喜歡的話，可以隨便賞個小錢。

跟着參觀了全用紅色岩石興建的德里紅堡，比較起阿格拉城堡，這裏少了史詩般的愛情故事襯托，但軍事上的用途似乎是不遑多讓的。

行經著名的拉合爾門，二人登上了城樓，哉詩說：「根據資料的報道，這座氣勢恢宏的城堡，見證了印度宣告獨立的歷史，首任總理尼赫魯在此宣告獨立，往後每年的獨立日，都會在這裏舉行升旗儀式，印度總理都會在這城牆樓上演講。」

城堡上俯瞰外面的廣場，看見一個男子平躺在一塊長方的布架上，周遭的伙伴再為他鋪蓋一張特大的布後，身體慢慢的升起。雖然明知道是魔術把戲，不過表演者落力演出，觀看的人也開心。一些西方的遊客拋下一些碎錢，彼得和哉詩也掏出幾個硬幣，拋向演藝者，隨後便出發到

機場。

▲ 德里紅堡城樓俯瞰城外，有賣藝者表演。

7. 偷得浮生半日閒

　　日落時分，哉詩和彼得抵達孟買的泰姬瑪哈酒店。取回先前留下的行李，到了房間。

　　哉詩見到房間向着印度之門（Gateway of India），她走出露台眺望，說：「一星期前我也到過此處遊覽，但如今在高處觀望，觀感大為不同！可惜天色漸暗，景物快模糊了，街燈此刻還未亮起！」

　　「我常常住在這酒店，可能是心裏想着的都是工作，經已習以為常，現在與你一同觀看，竟好似比較以前漂亮很多。」

　　兩人稍事整頓後，步出酒店，經過了一個外型古典，建築風格與印度之門相似的廁所，但四周瀰漫着臭氣，有二人正站在外面對着牆壁小便。

　　繞開行走了幾分鐘，到了一家名叫南京酒家的中菜館，門口的守門人連忙推開門，讓兩人進入。哉詩見內裏裝修簡潔清雅，餐桌鋪了燙得貼服的淺啡色枱布，四周乾淨整齊。

　　一個身材健碩的男子迎了過來，望了哉詩一眼，微笑點頭說：「噢，彼得，很久不見！這裏坐吧！我去給二位沏

茶。」

「羅侖士，報紙！」彼得把裝着香港舊報紙的塑膠袋遞給了轉身要走的他。

「彼得，近來好嗎？」一個比羅侖士稍胖的中年人走過來，親切地打招呼。

「朗尼，你好！幫我們寫菜，有大蟹嗎？」他說時望了哉詩一眼，看她沒有反對：「揀大的，清蒸！」

「好，我揀最大的！」

不一會，朗尼雙手捧着一個大盤走過來，上面放着兩隻用繩縛緊的巨蟹，腿腳不長而粗壯，其中一只細小些，但也是哉詩從未見過這麼大的蟹，她疑惑的說：「能吃得下嗎？」

「近年來很少見到這麼大的了。」彼得笑了一笑：「就要最大的吧！我們就不食飯了。」

「是呀，以前容易見到，近來比較難了，特別是那大的，已不容易找到！」朗尼說：「你們不餓吧？這蟹需要約三十分鐘的處理。」他見二人點頭，說：「蟹食到一半時，再給你們上一碟蒜子炒椰菜好嗎？」

「先飲茶吧！」羅侖士這時端來了一壺香片茶，倒在兩人身前的杯中。

「美容院的生意好嗎？」彼得手指輕輕的在桌面上彈了

數下，以示謝意。

「現在是結婚的旺季，生意很好！」羅侖士笑着說。

餐館播放着鄧麗君的歌，哉詩意料不到在印度也能聽到如此柔情的中文歌。

彼得說：「我喜歡來這一家中國餐館晚膳，其中一個原因是此餐館常播鄧麗君的歌曲。辛勞了一天，聽着鄧麗君的歌，婉轉溫柔，如細訴衷情，撫平遊子異國旅途的寂寞。不過愈來愈多行家來這裏晚膳，我不喜歡無謂的應酬，最近少來些了。」

「看牆上所掛的中國瓷畫，這麼的精緻，似是古舊之物，餐館老闆該不是個俗人。」哉詩說。

「老闆是潮州人，解放前夕遷來孟買的，除了這餐館，還經營醬油廠，除了自用，還行銷各大城市。現在年紀大了，近年身體不太好，較少出來了。」彼得頓了一下，說：「朗尼和羅侖士是在加爾各答出生的客家人，他們說，全印度只有那裏有唐人街，全盛時有近三萬華人，有自己的中文學校。一九六二年中印戰爭，印度慘敗，華人受到迫害，唐人街沒落，很多人去了加拿大，他們就輾轉來到了孟買。別看他倆在這裏當侍應，因為精通印度語，英語和中文，香港和新加坡來的商人都可以招呼得妥當，所以收入很好。而且二人的太太合作開了一間專做女士生意的小

髮型屋，很多印度女士都喜歡在標榜香港時尚的髮型屋燙髮。他們家裏都有兩、三個來自鄉下印度的傭工，生活肯定比很多香港人舒適得多。」

這時有印度侍應端來兩條經過消毒的熱毛巾給他們抹手，大蟹跟着被送上餐桌，每人面前放有一碗調過味煮香了的醬油，兩人用手拿着切成塊狀的大蟹，沾着醬油大塊朵頤。當蟹和椰菜都所剩無幾的時候，他們也很飽了。

「我在澳洲時吃過當地的泥蟹，當時已經認為是難得的美食，但跟孟買這裏的大蟹相比，無論大小和味道，都相差太遠了。」哉詩說。

彼得說：「我很喜歡這餐館椰菜炒得剛剛熟，口感和味道都很好！我曾特地在廚房門口看廚師用超大火來炒，用鐵鑊把椰菜拋高幾下便上碟，時間掌握得恰到好處。」

看見餐館已經滿座，彼得知道外面會有人等候入座，就結帳離開。

二人慢慢的散步回到酒店，酒店分新舊二翼，他們住的是新翼，彼得帶哉詩走到了已有百年歷史的舊翼，兩人繞着外圍種滿了植物的大游泳池行了一圈，剛才吃得過飽了，正好做些運動。現在是冬天，這裏空無一人，哉詩看見近入口處放了個古樸的木架，吊着個古色古香的大韆鞦，坐了上去，拍拍旁邊的位置，笑住招呼彼得也坐下。

兩人都沒有說話，轆轤輕輕的蕩漾。彼得也隨着轆轤的搖晃而心神放鬆，他一生大部分的時間都在艱辛的環境中渡過，何曾有試過如此優閒的時刻？他此時不去想任何事，感覺天地間就應該有如此恬靜澹泊的時刻。

這晚，他們沒有看書，早睡了，睡得很安穩。

第二天的自助早餐，哉詩感到眼花繚亂，因為食物太豐富了，彼得說：「你慢慢選吧，我已經要了一壺熱鮮奶，相信你也會喜歡的。」

喝着熱牛奶，哉詩說：「果然又香又滑，香港飲不到，為什麼？」

彼得解釋：「香港的牛奶多數都是脫了脂的，或者是半脂。這裏的都是真正新鮮從牧場送來，全脂的鮮奶。」

8. 馬路如戰場

　　用過了早餐，彼得同哉詩去了一家頗有規模的鑽石商行。

　　老闆不在市內，他的得力助手曼利殊正在那裏等候着，彼得介紹了哉詩，大家寒喧了幾句後，彼得說：「她第一次來印度，可以參觀一下你們的公司嗎？」

　　「當然可以！榮幸之至！」曼利殊先把一個小鐵盒交給了彼得，盒內盛着幾包不同種類的碎鑽石，讓彼得可以先開始工作。

　　然後領着哉詩出了房間，參觀了會客室，會議室，帳房，監控室。每個地方都要密碼開啟，最後到了一個特別大的房間，哉詩看見裏面有幾排非常長的長枱，密密麻麻的坐滿了低着頭正在工作的年輕人，大多數都是男的，女的集中在較內的一方，一時間看不出有多少人。他們右手握着一個小鉗子，面前放着厚厚的白色紙墊，墊上都放了小堆的細小鑽石，上面架起一個小放大鏡。熟練的翻滾手中的小鉗子，透過放大鏡觀察小鑽石，正在進行分類。大家都專注工作，沒有人理會哉詩的進來。

　　曼利殊看到哉詩有些驚訝的神色，解釋說：「比起我們

在蘇拉特工廠那裏的分貨員數量，這裏已不算多了。他們在那裏先進行初步分類，再送來這裏再次分類。」

當下二人回到了剛才的房間時，曼利殊拉來一張椅子，讓哉詩坐下，自己也在兩人的對面坐下來。

「你可以找人教哉詩學看鑽石嗎？」彼得對曼利殊說。

「讓我來教她吧！」曼利殊拿來了一包較大粒的鑽石，教哉詩拿鉗子鉗着鑽石，放在左手拿着的放大鏡前面，耐心的教她怎樣才能看到鑽石內裏的瑕疵，然後在一張張印有鑽石底面的圖案紙做記錄，再檢查她看得對不對。

過了近二小時，彼得把已經談妥的價錢分別寫在包貨的紙包上，還寫上了每包貨裏自己要求剔除的類形和百分比。跟曼利殊解釋一番，要求分貨員按指示做事。兩人已經合作多年，曼利殊都明白彼得的要求。

接着彼得在手提包取出記事本，讓哉詩把寫在紙包上的資料抄錄下來，才告別。

這區是商業中心，亦是鑽石貿易中心，大大小小鑽石貿易公司都分佈在這直徑大半公里範圍內的大廈。

他們準備走過的是最繁忙的大馬路，往來共六線行車，只見沙塵滾滾，見不到有斑馬線。過馬路要靠判斷力和勇氣，趁少了車輛的空隙，往前快速衝過。

哉詩望着行駛過來的巴士，車內通常都很擁擠，沒有

車門，入口處時常有人一手抓着把手，上半身凌空。如果還有空間，便見有人從行人道衝出馬路擠上慢駛中的巴士。

　　每當彼得趁着一刹那的空間要穿過馬路時，哉詩總是因遲疑而耽誤了時機，沒有跟上，彼得只好退回來。

　　突然間，三個四、五歲的小乞丐攔在前面，其中兩個更抱住哉詩的腿，她登時進退不得。另一個伸手討錢，彼得知道，遠處可能有看不到的眼睛盯着，如果給錢，別的乞丐就會趕過來，沒完沒了。看哉詩手足無措的樣子，只好俯身撥開小乞丐的手，但她們仍每人緊緊的各抱住哉詩一條腿不肯放，無奈之下只好硬起心腸，捏着小髒手，用力扯開，二個小乞丐直至痛得流淚，才肯放開，哭着撲打彼得。

　　哉詩好不容易才擺脫了枷鎖，就像一隻驚弓之鳥，快速的邁步，穿過了慢駛中車輛之間的空隙，衝過了馬路，彼得反而要緊隨其後。越過擁擠的人潮和垃圾堆，走了數分鐘，到了另一家相熟的公司。

　　彼得清潔了雙手，繼續辦事，主要是檢查去旅行前已經買了的貨，做好次品剔除後的狀況，並在那裏與老闆未添一起吃從家裏送來的午餐。

　　肥胖紮實的未添，有着一雙黑白分明的大眼睛。他沒料到彼得會多帶了一個人來，家裏送來的午餐只夠二人的

份量。當下把午餐讓給彼得和哉詩，自己準備吃公司提供給員工的午餐。

彼得對哉詩說：「你可以有別的選擇的。」

哉詩笑着回答：「是選擇不吃嗎？」

「不，我是跟你說正經的，他們公司有專人煮午餐給所有的員工，另外剛才教你看鑽石的年輕人，他也有自己的午餐。你都可以試試！」彼得說着，轉身向另外一張桌子準備開餐的一個微微鬈髮的英俊小伙子招呼：「沙前，可以給我們試試你的午餐嗎？」

沙前忙道：「當然可以，你們全部拿去吧，我可以吃公司煮的。」

「不，我們只想試少少，另外也想試試公司煮的午餐。」彼得回轉身來對哉詩輕聲說：「他是老闆的得力助手，英俊又有才幹，可惜剛剛結了婚，而且是戀愛結婚，要不然你可以考慮一下。」

「哼，多謝你的好意，免了吧，我可沒有嫁妝！」哉詩低聲說。

這時沙前把午餐拿了過來，由一層疊一層的鋁製圓形器皿盛着，說：「這是我妻子委託送飯公司送來的，每天有專人從我家取出，送上火車，整個車廂都是不同人的飯盒，卻從未出錯，非常準時。未添先生的午餐由司機送

來，路途雖然不遠，但有時塞車，反而延誤了。」說着把每樣菜餚用匙勺放了小許在哉詩和彼得的盤內。

哉詩試了三種不同風格的菜式，都是素食。

「你喜歡哪一種？」彼得問。

「公司的蔬菜比較粗糙，味道濃烈，有些不習慣，未添先生家裏的精緻清淡，帶有清香，最好！沙前的在二者之間，也不錯！」

「這是新媳婦的學習期，以後會漸入佳境！」彼得笑着說：「未添信奉奢那教，他本應是非常嚴格的素食者，不應食菌類植物、薯仔、花生的，但未添遵守不了，他非常喜歡花生和薯仔，未添太太就嚴守規條。」

吃過了午餐，兩人到了一家小公司，只有一個房間。柏殊和賴株是拍擋，彼得最初認識他們的時候，他們只是帶領客人到一些廠商去看貨，生意成便賺取佣金。

一見彼得，柏殊就急不及待的說美元兌盧比的黑市外匯比官價上升了 11%，這是一個非常難得的機會，彼得馬上打電話到香港主要的來往銀行，在原來的信用額度外，再取得了三百萬元的額外臨時信用額。

接着，賴株就打電話訂了一定數量美元兌換盧比的匯率。

房門打開後，許多中介人湧進來，他們都是帶着一包

包的小鑽石來求售，彼得讓柏殊和賴株先看，適合的才留下自己細看。過了一會，中介人走掉大半，只剩下幾個。

哉詩見柏殊和賴株每次看完貨後都把計數機按了數字遞給彼得，然後彼得看後又在計數機上按了數字遞給他們，柏殊就開始還價，三個人非常有默契。

彼得知道哉詩一下子不會明白，解釋說：「他們按在計數機的數字代表他們的意見，應值多少錢，幾多個百分比的次貨剔除才夠，偶然有包貨是便宜的就按0字，隨後按的數字是要剔出次貨的百份比。」

傭人送上了奶茶，賴株知道彼得不喜歡喧嘩噪音，便請所有的中介人出去一會兒。哉詩看他們把燙熱的奶茶倒了少半在盛杯的碟子上，碟子內的茶一瞬間便冷卻，很快就可以喝茶。

四人閒聊，賴株很自豪的告訴哉詩他的弟弟是拍攝「鐵金剛勇破魔鬼黨」時在印度的隨團醫生，他也有和羅渣摩亞親筆簽名的合照。

柏殊就搶着對哉詩說，她應該到喀什米爾一遊，試住船屋，當地比瑞士還要美麗，說得天花亂墜。哉詩以為他去過，一問才知他只是道聽途說。

彼得問哉詩正在喝着的奶茶跟齋浦市集怎比較，她說：「嗯，在市集喝的奶茶，更香更淳更滑更甜。」

彼得笑道：「你對男朋友的甜度，是齋浦式？還是孟買式？」哉詩臉上霎時泛起一抹紅彩。笑了笑，道：「為什麼要告訴你？」

　　彼得見她不說，便轉變話題，說：「印度的盧比兌美金長期分官價和黑市價，有時相差頗大，現時相差 11%，是難得的機會。這裏買的貨，會走私過來香港，扣除了 2.5 至 3% 走私帶工，貨價可以便宜約 8%。不過這部分的貨，因為沒有進口的正式單據，就用不上銀行有限制的信用額了。」

　　「如果給海關查獲，不是損失很大嗎？」哉詩有些疑惑。

　　「他們會把貨交給一間信譽超卓的公司，如果出了事，就會照價賠償。這間公司財雄勢大，買通了海關，生意做得很大，例如現時是婚嫁季節，會從中東走私黃金入口印度，賺取差價。公司也做鑽石生意，老闆我也認識，是個非常精明的好好先生，當然內裏很可能還有不出面的幕後大老闆，整間公司的人全部都是穆斯林。」

　　哉詩眉頭輕皺，說：「香港海關也可以買通嗎？何謂有限制的信用額？」

　　「香港是自由貿易港，貨物可以光明正大的帶進來，他們不需要買通香港海關。」彼得說：「有限制的信用額是貨

要經過正式程序入口，有正式的通關單據，銀行才能借貸出款項。」

到了接近五點半鐘時，彼得停止了手上要做的工作，他張開手伸了個懶腰，對哉詩說：「通常到了這個時刻，太陽開始西斜，鑽石的真實顏色較難掌握，買貨是最容易出錯的，這段時間用來檢查鑽石次貨剔除就沒問題。」看她沒有回答，就說：「嗯，你覺得悶嗎？我可以叫未添請他太太明天來陪你逛街，上次他們一家來香港時，我陪了他們去一家叫 Woodlands 的印度素食館，還有中式的純素食肆，用了不少時間，現在她太太肯定樂意當嚮導！」

哉詩忙道：「不！不！我只是看見你聚精會神的做事，我幫不上忙，有些不好意思。」

「不要這樣想，你不是在幫助我做紀錄嗎？嗯，讓我告訴你那些貨會走私過來香港，有些不會吧，一般來說大公司是用美元作為本位，是用美元記帳的，那美元兌盧比上落對這些大公司在貨價上就毫無關係，但中小型廠商大多是用盧比作為本位的，換句話說，他們的成本計算是盧比，所以買方在這時候就在有利的位置了。」

9. 飄雪冰電話倫敦

　　他們坐的士回到了酒店，坐在露台的籐椅上，望着不遠處的印度之門，微風送爽，甚是舒暢。哉詩喝了一口酒店提供的英式茶包所沏的茶，說：「我看過簡介，這座門是為了紀念第一位蒞臨印度的英皇喬治五世而建造的。印度人對它如珠如寶，好像完全不覺得曾經被英國征服和殖民是不光彩的事，真奇怪！」

　　「印度一直以來都沒有統一的觀念，英國的殖民統治時把整個印度地區佔領了，印度人獨立時接收後才有了現在的身分認同。唉，它的情況實在是太複雜了，與當時分裂出去的巴基斯坦為爭奪還未有確定歸屬權的喀什米爾戰爭，為英國人謀奪西藏野心而划入印度的麥克馬洪邊界線，與中國不惜戰爭。

　　印度本身有數以百計的民族、語言和文字，而且文盲者太多。英國人撤走前，印度瞬間跟隨了英國工人經歷了百多年逐漸爭取而來的勞工法例，結果導致工會的勢力太大，工業難以壯大發展。加上英國人撤走後才突如其來舉辦選舉，這樣複雜混亂的環境，實在難以實行像英國式的民主。直到現在，還有部分印度人仍然緬懷英國統治下的

日子。

看到印度的情況我就擔心英國人撤出香港前也會埋下類似的地雷，這會不會是他們撤出殖民地前的慣技？」

「中國不是也有很多的文盲嗎？」哉詩問。

「解放之後政府努力掃除文盲，簡體字就是為了容易認字，雖然我覺得有點矯枉過正，例如前後的後字與皇后的后字只用一個字，實在難以接受。不過總的來說，這對掃除文盲是大有幫助的。中國人一向是有教無類，這方面的情況肯定比印度好得多！」

「你去過英國嗎？」哉詩問。

「我只去過倫敦，算是密月旅行吧。」

「哦，有什麼趣事可以說說嗎？」她顯得甚有興趣。

「那時結婚才一個多月，復活節期間參加旅行團遊歐洲，算是度蜜月。十日間隨團匆匆的遊覽了歐洲好幾國，在旅遊車上的時間可能還多過腳踏實地的時間。

到了倫敦，我倆沒有隨團返香港，在倫敦繼續停留。

那時戴卓爾夫人剛上台不久，倫敦鬧市一個大螢幕打着「11」的醒目大字，後來找着在倫敦的君保，一問之下，才知是代表當時 11% 的失業率。

年輕的君保，在英國大學畢業後留下做見習工程師，他帶我們見識英國的酒吧，喝着威士忌，滿腹牢騷的君保

對英國非常不滿，抱怨說：「倫敦的天氣變幻無常，可以連續多月都是陰沉沉的下雨，我已決定回香港了。」

「前兩天我們來的時候，一時冰雹，一時小雨，有時還會微微的飄雪。直至見到了你，天氣才好轉了。」我表示理解，停了一下，繼續說：「香港現在很多人都想盡辦法移民，剛才你說還有年半的時間就可以入籍，你已經在英國多年，還是再忍耐一下！先入籍再算吧！」

「不。」君保堅決的說：「我在這裏辛勤的工作，卻要抽重稅去養活那些懶人，香港沒有社會福利，只有靠自己，人人都得努力工作，最公平！」

「抽的稅，就當是移民費用吧！只是年半時間，當買個保險，還值得！」

「英國已沒有希望了。」君保搖搖頭，說：「我不喜歡英國，如香港發生重大的變化，加拿大歡迎我這些人，而且我有親人在多倫多。」

我無話可說，我們都為低沉而病態的英國默然。並為香港、香港人的價值觀感到驕傲。當時，大家完全沒有想到戴卓爾夫人可以力挽狂瀾於既倒，使英國重上正軌。」

哉詩聽罷嘆了一聲，說：「君保是當事人，值不值得堅持多一年半，他自己最清楚。」

「那時未有後來的社會動蕩，可能他的心態沒有那麼迫

切吧。」彼得說。

「嗯，你結婚已經超過七年了，有試過心癢嗎？」哉詩帶笑問。

「心癢暫時還未有。」兩人在同一房間內，他可不敢亂開玩笑，轉過話題：「倒是有點餓了，我們去吃飯吧！」

兩人落到樓下，穿過大堂，過了舊翼，進入了一家名叫金龍的中菜館。哉詩看見菜館裝修得金碧輝煌，但掛滿宮燈，反而顯得俗氣了。

坐定之後，彼得對侍應說：「我想見廚師凌先生，請他出來好嗎？」

過了一會，一個一身白色廚師製服，精神奕奕的中年漢子走過來。

「彼得，你來啦！今天想食些什麼？」

「你幫我們拿主意吧！」

「好的，」他向哉詩問：「你有什麼不食的嗎？」

哉詩聽他是香港人的口音，便說「凌先生你好，我叫哉詩，我什麼都食的。」

「你不用叫我凌先生，叫我阿凌便可以了，我跟你們做一個宮保雞丁，一個洋蔥牛柳絲，蔬菜就椒絲通菜好嗎？通菜你們在別的地方難以找到的！湯就不要了，如果要飲湯，到我家來，煲老火湯才有意思，彼得你說是不是？」

彼得說：「那當然！上次在你家喝的老火湯，真材實料，無可替代！」

阿凌見他們沒有異議，就回廚房了。

哉詩說：「他在印度很久了嗎？」

彼得說：「一年多了吧？他原本在香港的畔溪酒家廚房做『阿頭』，是透過獵頭公司聘請過來的，職位是這家食肆的總廚。他就住在酒店這座舊翼低層向着內街的大房間，由酒店免費提供，還有免費的房間清潔和洗燙服務。當時香港人心惶惶，他也想來看看孟買是不是一個可以移民的地方，就簽了一年的合同。」

「移民印度？」哉詩出乎意料之外，她從未料到有人會打印度的主意。

彼得點點頭：「你不要以為移民印度很容易。要有機構辦理工作簽證，要納稅，要住上……好像是五年吧？要經過印度文考試合格，最後還要到中國大使館要求開出證明書，同意不再是中國公民，才可以入籍。」

「那他可以嗎？」哉詩很好奇。

「在他來了這裏之後，生意便增加了許多，所以約滿前公司便與他再簽了新約，再續約應該也不是問題，他現時的考慮主要是孩子將來的出路。不過有的是時間，不用那麼快下決定。」

當他們吃飽了的時候，阿凌過來閒聊了一會。談起孩子讀書的事，讀的是國際學校，全是由公司付費，學校還不錯，現在正上小學二年班，但完全沒有教授中文，只有英文和印度文。這時有人找他，便離開了。

　　「唉，又一個想離開香港的人。」哉詩嘆了一口氣：「如果沒有這場社會動蕩，你會不會移民？」

　　「中英談判時，確實有考慮過移民加拿大，但後來打消了這念頭。一九八七年初，我與公司同仁在北京過春節。大年三十晚，大家在酒店頂層飲雞尾酒聊天，窗外萬家燈火。那時，國內正從元氣大傷的文化大革命中漸漸的恢復過來，大家都憧憬着美好的將來。誰會料到，兩年後，民運爆發，局勢的發展，會如此的悲痛哀傷。當時失落、悲憤與惶恐瀰漫着整個香港，我才下定決心移民。」彼得感嘆的說。

　　「世間有太多的預料不到事情，比如我不會想到會認識你，甚至同遊印度，還發生了這些意外之事。」她此時心內百轉千迴，由衷的說。

　　「我現在的期望就是把你安全的押送回香港，責任就完了。」

10. 柔情似水的歌聲

　　這天到了一家廠商，把事情做好之後，老闆在一張白咭紙上寫了幾個字，然後撕開了一半，交給了彼得。哉詩看在眼內，感覺得很奇怪。彼得跟她解釋：「這公司的貨這次亦會走私過來香港，走私的人把貨送到，收回半張咭紙，便算是完成任務，錢在七十五天後我會匯入他的瑞士密碼戶口。」

　　午飯的時候，哉詩說：「我知道你為了遷就我的消費水平，前些日子都是去些消費不高的餐館，現在你付費時才去高消費的地方。今晚我想回請你一次，去高級些的地方，別擔心，偶而一次，我還負擔得起！」

　　「我也不是常常去高級的地方，你現在還未有穩定的收入，消費不應該過高，我們不用去高級的餐廳。」彼得說。

　　望着哉詩堅持的眼神，他只好說：「好吧！只此一次，我打電話叫曼利殊安排一下，他應該知道適合的地方。」

　　晚上七時許，他們來到了一間傳統裝修的印度餐廳，被安排在可以清楚看到一個小表演台的位置。兩人點了香料燒雞、咖哩魚、奶油黑豆蓉、炒毛茄和烤餅。哉詩提議來一瓶印度啤酒，但只有小瓶裝的，一瓶一杯的份量。

吃着餐前小食超辣薄脆，喝過了小半杯本地出產的冰凍 Kingfisher 啤酒，哉詩平靜的說：「我媽媽是一個外室，我是她的獨生女兒，我從小就不是每天都見到爸爸，不過他是很愛惜我的。」她看彼得沒有特別反應，繼續說：「他在我考上大學的那一年去世了。我媽是商行的文員。我們家雖然不算富裕，生活也不成問題。」

　　彼得一直以來都感覺她的家庭環境似乎不錯，此刻才知道了她的身世，也不知該如何答話。這時菜餚來了，香味濃郁，味道澎湃，但配搭上這 Kingfisher 卻像是絕妙搭擋。當下哉詩再要了啤酒，這時，三男二女穿着印度的傳統服裝的表演者，上台盤膝而坐，手中都拿着印度樂器，風琴、弦琴、木琴、手鼓和笛子演奏。先是節奏急促的琴聲和手鼓聲，緊接着悲涼的笛聲對和。條忽間一把嬌嬈女聲悠然揚起，如泣如訴。然後男聲登場，像是安撫愛侶。歌聲隨着樂聲互相對唱，時急時慢，盪氣迴腸。

　　接着的幾首歌，哉詩雖然不明白歌詞，亦知道是情歌，她對彼得說：「人人都說印度封閉保守，為什麼歌聲如此纏綿悱惻，熱情奔放？在電視看到的印度歌舞，有時也是非常大膽挑逗？」

　　彼得搖頭笑說：「我也疑惑不解，但他們似乎習以為常，抑或覺得二者同樣是天經地義？節奏急促的音樂，柔

情似水的歌聲，就像你吃着辛辣濃烈的食物，再配搭冰凍的啤酒！」

「你這樣比喻，似乎有點文不對題吧？」哉詩對這個解釋不太滿意。

彼得微微笑，說：「我雖然常來孟買，但都是為生意而來，對印度的文化了解實在有限。不過我比起大多數的香港行家已經好很多，至少我學會了欣賞印度的香料和音樂。」

這時表演者已經離開。哉詩說：「餐廳人多，我們出外透透氣好嗎？」

彼得和哉詩散步到了奧博來酒店，前面的海濱長堤，好像張開雙臂擁抱着大海，路燈照耀下的防波堤伸展到不見盡頭的遠處，特別寬敞的行人路，同防波堤緊靠在一起，高高的棕櫚樹相隔不遠就有一棵種植在行人路邊。不用說，這裏是夏天乘涼的好去處。

這時候，涼風輕拂，行人不多。路邊的一個小攤檔，把花生放在特製的小鐵鏟，放在炭爐上烤。彼得說：「這種花生，我認為是全世界最美味的花生，你該試試！」要了小碼的份量，那小販將花生倒滿在用啡色紙捲成的漏斗。

兩人邊行邊吃，哉詩說：「唔，這花生小小的，毫不起眼，卻又香又脆。真的未食過如此好味的花生。」

「人不可以貌相，花生亦是一樣。美國花生被催谷生長，大而無味。未添說這種小花生種植時沒有施過化肥，天然有機，所以香味濃郁。」彼得說。

這時突然竄來了兩個衣衫襤褸的小乞丐，伸出骯髒的小手乞討，哉詩吃了一驚，自然的把右手勾進了彼得的手臂。眼看髒手向哉詩愈伸愈近，彼得人急智生，把花生倒在一個小乞丐的小手中，剩下的乾脆連紙包塞給了另一個。二個小乞丐愣了一下，走開了。

彼得嘆了一口氣，說：「他們其實想乞討的是錢，不是花生。但如果給錢，更多的乞丐會來糾纏，最後是施捨者只好落荒而逃。」見哉詩繼續挽着他的臂彎，便笑說：「你剛才飲多了些吧！還可以嗎？」

「還說呢！就因為你飲得少，才顯得我飲得多。其實大家都沒有盡興！」她嬌嗔說。

彼得沒有答話，提步上了堤壩，想一個人在堤壩上行走，哉詩向他伸出了手，他便拉着哉詩的手，助她上了堤壩。兩人行走了片刻，彼得說：「前面陰暗，不要再往前行了，如果你掉落海裏，我肯定不會救你的！」

她凝望着彼得，妙目流轉，說：「那我倒要跳下去試試，我不相信你會見死不救！」

彼得但笑不語，拉着她坐在堤上。左前面是陰沉沉的

大海，右邊閃爍着的燈光，彎彎的像初月似的伸展，不見盡頭。月亮不時透過雲霧露出臉來，然後匆匆的躲起來不見所蹤。

哉詩輕輕的倚在他身上，輕輕地問：「你有曾經對我動過心嗎？」

彼得嚇了一跳，斟酌着回答：「心動過，沒有動過心！」

「有分別嗎？」哉詩咔一聲笑了出來，說：「你不要咬文嚼字好不好！」

「分別可大了，和一個貌似王昭君的女士朝夕相對的這些日子，是有心動過，這是難以控制的。但我已經是別人的丈夫，可沒有資格對你動心！這是我能控制的，我連思想上也一直對你以禮相待，從沒有起過絲毫歹心！」彼得認真的說。

「哈哈，不再是不太醜，不太美啦？嗯，告訴我為什麼是王昭君？」

「你現在身在印度，好比昭君出塞啦！」

「別胡言亂語，我怎能跟王昭君相比？」哉詩嫵媚一笑，望着海灣遠處閃爍的燈光。

11. 天與地

　　第二天早上，兩人到了柏殊和賴株的公司，靠近窗邊的一排長桌上幾個分貨員已經在忙碌的工作。彼得和賴株首先檢查他們所做的小鑽石的剔除工作是否合適，柏殊先是打傳呼機電話通知中介人過來。然後就逗哉詩說話，由孟買的交通說起，吹噓自己的摩托車技術了得，可以舉平雙手駕駛，保持平衡。

　　哉詩自然不信，柏殊卻道：「你不信可以問彼得。」接着便嚷：「彼得，請你告訴她，我是否可以如此駕駛。」彼得按捺着心裏的惱火，說：「住口，不要妨礙我的工作！」

　　柏殊卻像孩子捉弄了別人般得意，向哉詩說：「多年前的事了，那時我和賴株都買不起房車，只能駕駛摩托車，不過那又如何？遇着交通擠塞，我左穿右插，可比旁人快得多，現在駕駛房車反而在路上動彈不得！有一次彼得在孟買時，賴株剛好有事不能來鑽石市場，只有我陪彼得，我邀請他乘坐我的摩托車，他不肯，說危險。我再三向他保證我的駕駛技術出眾，絕對安全，他才不太情願的上了車。為了證明我沒有說謊，途中我只好施展雙手左右平放，不握駕駛扶手的絕技，他可不能怪我！」

彼得放下了手中的鉗子，想起當時的情況，心中還有餘悸，臉上露出了厭惡的表情，恨恨地說：「我當時要求你好好的握着扶手駕駛，你就是不理睬，還要加速，如果出了意外，實在太不值得了！」

柏殊向哉詩雙手一攤，做了個鬼臉，道：「看！我可沒有騙你！」他神情得意的繼續叫嚷：「彼得，這世間生與死都是有定數的，應該死去的才會死去，敬仰神的人，是不會枉死的。」

柏殊見彼得專心看貨，不再理會他，便又對哉詩說：「孟買有兩個地方，是全世界之最，不過你肯定沒有去過！你想不想知道？」

哉詩心想遊客資訊中心從來沒有提過孟買有世界之最，何況兩個？

柏殊見她搖頭，道：「你不相信？那麼敢不敢與我輸賭？」

哉詩見他露出狡點的神色，不敢大意，便從手袋中取出一個硬幣放在桌上，道：「好，請說吧！」

柏殊不慌不忙：「孟買有全世界最大的貧民窟和紅燈區，你們來往機場的途中就會經過貧民窟，就在公路旁邊。時常缺水缺電，治安很差，沒有特別事警察都不會進入。紅燈區就在市內，可以帶你們去證實一下。」

彼得對哉詩說：「在飛機降落的時候有時也可以看到貧民窟，都是搭建的簡陋小屋，這區域的確面積很大。紅燈區也聽說過，如果想見證另一個世界，倒是可以去看看。」見哉詩點頭，便對二人說：「今晚我們一起吃飯，然後就去紅燈區參觀吧！」二人連聲應諾。

接着便是買賣雙方的拉鋸戰。柏殊確實是還價的好手，虛則實之，實則虛之，有時賴株也加入戰團。

哉詩從計算機上看到彼得心目中的價錢，再看看雙方的表演，趣意盎然，倒也不覺沉悶。

午飯時佣人在附近餐廳買了外賣回來，有素有葷，哉詩才知道原來柏殊和賴株都不是素食者，只是不吃牛肉而已。

午餐後去了好幾間用盧比計價的中小型公司，因為時間不多，只能用速戰速決的方式，成交不多，直到黃昏，在一間公司出來之後，彼得對二人說：「這時候不能再去看貨了，容易出錯！」

賴株駕駛着車，向市郊出發，慢慢的愈來愈少高樓大廈。看到右前方霓虹燈亮着的一座低層的建築，駕車橫行過了馬路，駛入旁邊的空地停了車。

哉詩看見這棟古舊的英式房子兩旁種植了許多顏色鮮豔的花卉，門前邊一個銅牌刻着餐廳的名字；Copper

chimney（銅煙囪），頗有古風。高大健碩的守門人穿着皇宮守衛的服裝，頭巾上插上一根孔雀羽毛，看見四人走近，恭敬的行禮。

柏殊把手中備好的小費遞出，守門人伸手接住，輕敲門扉，裏面自有人把門拉開，引領眾人入內坐好。大堂侍應制服分兩種，高級的穿着西裝，其餘的穿着印度服。裝修混合着英式和傳統的印度風格，透過寬闊的玻璃，寬敞的廚房呈現在客人的面前，穿着白色製服的廚師們正在從容地工作。

柏殊建議哉詩試試 mango lassi（芒果汁），彼得亦要了一杯。

賴株說：「芒果季節在夏天，當芒果大熟的時候，富裕人家會用手捏壓成汁液，開洞倒出，用膠袋封口急凍成冰狀，可冷藏幾個月不變味。」

「為什麼不用機榨？可快得多！」哉詩問。

「不！這樣做才能保持原味，效果最好！」柏殊搶答。

兩人用飲管啜着冰凍的芒果汁，另外兩人則喝蘇格蘭威士忌加冰和蘇打水。

「印度芒果獨特的香味加上奶油，」哉詩從未試過，大讚：「出乎意料的好！」

「這裏可是孟買最好的餐廳啊！」柏殊說。

彼得不自覺的皺了一下眉頭，對哉詩說：「我也喜歡這裏的忌廉蕃茄湯，你要不要試試？」

「好的，我也要一份。」

侍應端來了四個盛着熱水的小銅盆，內裏放了檸檬，哉詩剛洗過手，馬上有侍應遞上熨貼得筆直的抹手巾。

看着色彩繽紛的滿桌的食物，哉詩不知應該從何處着手，柏殊已指揮着兩個侍應把每樣食物各放小量在她的碟子或小盤子中。

他們二人在高級食肆進餐的時候，喜歡有人在旁邊侍候，就像以前中國的皇帝一樣。

彼得從來不用這種一對一的貼身服務，他指着一疊摺成手巾形狀的食品笑着對哉詩說：「這是其中的一種麵包，我見你剛才看着廚師把它拋高後用手旋轉，甚有興趣的樣子，叫來給你試試，你用手撕開一小角，其餘的放回麵包籃子，要不然你不可能試完所有的菜餚了。」

「五星酒店的餐廳價錢雖然貴，但食物的水準怎及得這裏！彼得你說是嗎？」柏殊忍不住不說話，邊吃邊說。

「是，我同意。」彼得雖然覺得柏殊常常言過其實，但這次卻不得不同意。

一頓豐盛美味的晚餐後，賴株付過帳，駕着車折返市區方向。不久後到了一個殘舊的區域，疏落的街燈影照

下，四人下車，經過充斥着發霉氣味的街道。

到處都可以看到一些濃妝艷抹的女人，兜搭經過的男人。

柏殊和賴株二人身材高大，一左一右，每當有流鶯行近，便扮裝惡形惡相的大聲喝退。

四人往較光亮的大街走去，前面幾間小商店亮着燈光，傳來笑聲，似乎有人興高采烈的說笑。走近一看，都是些三五成群的洋漢摟着女人喝酒作樂。哉詩不禁皺起眉頭，彼得也不願和這些人共處，幸好有一間沒有客人的，就走了進去。

這些商店酒吧都非常簡陋，柏殊叫了兩樽啤酒，站在門口的小桌子前，斟滿了四隻玻璃杯。

內堂的門打開了大半，彼得和哉詩上前探頭一看，都吃了一驚，約二十多個女人，在內裏有的躺臥，有的坐着。燈光昏暗，一時看不清年紀面貌。

哉詩吶吶的對身邊的彼得說：「這是⋯⋯？」彼得點點頭，兩人退了出來。

賴株一直隨着二人身後，這時向站在一邊的婦人嘀咕了幾句，給了這婦人五十盧比，說：「裏面的女孩都是等候隨時應召的，也可以出來陪酒。我已安排她們出來給你們看看。」

話音剛落，內堂出來了幾個女孩子，在這季度顯然衣衫有些單薄，都很年輕，默默的轉了一圈，便退回去。跟着第二批，第三批魚貫出場。

　　哉詩抿着嘴唇，心想這些女孩子有些看來還未到成年，怎麼就如此的給人摧殘？她雖然早有心理準備，但感覺仍比預期更差得多。

　　柏殊解釋，來這區域的男人多數都是低下階層的，平時都是受人輕視，受人欺負的人，來這裏是為了作賤他們認為比自己更加下賤的妓女。

　　哉詩剛從一個衣冠楚楚的高尚地方過來，與這裏比反差實在太大，就像光明與黑暗，天堂與地獄。她定定神，向彼得嗔說：「這麼多，你都揀不到一個嗎？未免太挑剔了罷？」

　　彼得一怔，知她內心不痛快，也不跟她計較，只說：「你先揀，我隨後！」

　　「我可不是同性戀！」她啐着說。

　　他們望着大街上摟在一起的男女，消失在各處昏暗的角落裏。

　　柏殊和賴株喝着啤酒，神色自若，好像這是正常不過的事。

　　柏殊放下酒杯，說：「這區域裏有四萬名妓女，是不是

世界之最？還有，這裏的妓女身價雖然有分等級，但貴也貴不到哪裏去，低的甚至低到不足一美元，是不是世界之最？要注意的是，如果不做好預防措施，嫖客染上性病的機會接近百分百，治療的費用會超過嫖妓款項的一百倍！」他見無人反駁，繼續說下去：「這些女孩子有些是給貧窮農村的父母賣掉的，有些是被人肉販子用各種手段哄騙來這裏，多數是來自尼泊爾。」

一陣沉默之後，彼得對哉詩說：「多數來自尼泊爾？不可能吧！四萬個妓女？柏殊說話太誇張，你不用全部相信！不過就算有一半，也會是二萬人啊！」

過了半晌，哉詩說：「法例禁娼嗎？」

「嘿！」柏殊怪叫一聲：「在印度只要有錢，你可以在警察局內，大搖大擺的吸毒！」

這時一個挺着凸出大肚腩的警察哼着歌曲，搖頭擺腦的在眼前經過。

「你看這小丑！他能捉賊嗎？能跑得動？妓女的錢養得他太肥胖了！」柏殊指着他的側影，笑着說。

「黑社會用暴力控制妓女，用金錢控制警察！」賴株說話一針見血。

「黑社會成員全都是穆斯林！」柏殊補充說，彷彿所有做壞事的人都是回教徒。

哉詩說：「她們不會逃走的嗎？」

「大部分的妓女都是受黑社會控制的，在她們還未還清所謂的欠債時，逃不了的。這個區域都是相關的人，只會捉回來慘遭毒打。」賴株說時輕描淡寫，臉上卻流露出不忍的神色。

「難道政府就此不理嗎？」哉詩忍不住問。

「政府有更加重要的事要做啊！忙着要查稅，增加收入！」柏殊喝着啤酒說：「在印度一般人只能做好自己的份內事，等待輪迴，寄望來生，這就是印度！」

彼得和哉詩默然不語，放在桌上的啤酒，始終沒碰過。

12. 水至清則無魚

　　在印度最後的一天，主要是奔走各處檢查剔除次貨的工作做得是否妥當。在最後的一間公司，當窗外的烏鴉聒噪聲愈來愈吵耳之際，所有的工作已經完成了，彼得望了望大街對面的基督教學校，操場上已空無一人，只餘下兩個籃球架遙遙對望。

　　待哉詩做妥了善後紀錄的工作，兩人走出房間，向主人告別。

　　當街燈亮起之際，他們回到了酒店，彼得先去結帳，多付三分一的價錢，就可以逗留到九點鐘，乘搭十二點的航班，航班不誤點的話，早上八點前便可回到香港。

　　在孟買的國際機場入口處前，他們憑機票和護照進入了機場，辦好了登機手續。在這個並不令人舒適的機場，二人好不容易找到了坐位。望着疲憊的哉詩，彼得問：「你後悔這次跟我來印度嗎？」

　　她笑着搖搖頭，說：「不虛此行呀！反而你可能後悔帶我來吧？」

　　「也沒有，我一個人來的時候，除了工作還是工作。這一次算是多姿多彩，只是有些擔心你的安全，現在好了，

只要飛機起飛了，我的責任也就完成啦。」彼得苦笑着說：「香港做鑽石的行家喜歡到比利時的安特衛普或以色列的台拉維夫買貨，特別是在台拉維夫，天氣很好，猶太人不會像印度人工作那麼晚，黃昏時工作完畢，沿着沙灘步行回酒店，正好看到夕陽斜照，紅日逐漸垂落海中。沒有乞丐追隨，只有海風相伴，舒服得很。」

「那你為什麼不去以色列？」

「原因很簡單，以色列打磨的是比較大的鑽石，要每顆逐一細看，工作雖比較簡單和容易，逗留的日子卻要長得多，香港做事時間不夠用。不過可以入住五十美元的酒店，包一個簡單的早餐，雖設施和待遇難以和印度的五星酒店相比，但仍乾淨整潔。

印度碎鑽比較複雜，一不留神就會出錯，難度很高，精神要高度集中。不過印度政府為了爭取外匯收入，鼓勵出口，規定銀行要有一定的限額貸款給出口企業，鑽石商經海關證實已經把貨寄出，就會得到銀行的借貸，他們非常重視信譽良好的客戶，所以我們容易得到廠商的信貸，通常收到貨後六十到九十天才用匯款，財務的安排會輕鬆很多。」

「嗯，回香港後我就要努力尋找工作了，你看我可以做些什麼，或者可以找到那類工作？」

彼得心念一動，他答應哉詩一齊做事時，原本便有打算看她的工作表現如何，如果好的話便邀請她到公司工作的。但現時他心中隱隱覺得不妥，怕的不是她的工作能力，但到底怕些什麼，他自己也不確定，他心裏想，還是以後再說吧，就說：「那要看看大小姐喜歡做些什麼啦。記者？秘書？還是不計較工作種類，先累積工作經驗，將來再算？」

　　「唉，能找到工作就可以啦，我不能計較太多，或者，我來你公司應徵好嗎？」

　　「我們只是小公司，格局太小。你應該在大公司做，這樣才能有發展。」他沉吟着，也有一半是真心。

　　從孟買回香港已經好幾天了，這天的傍晚，彼得正忙着時，公司的電話響起了，是哉詩的聲音，「還未收工？有約人食飯嗎？」

　　「沒有約人，過一會兒到大家樂食牛腩飯。」

　　「大家樂？有沒有些新意思？」

　　「一個人食飯，簡單就好。」

　　「加上我吧，我就在附近。」

　　彼得看看在枱上的收音機鐘，已快六點了。

　　「在附近？好吧！你先上來我公司坐坐，去印度前你來過的，還記得吧？我很快便會完成手頭上的工作。」

兩人到達加連威老道的新加坡餐廳，找不到空位，正想退出。卻聽見有人招呼：「彼得，來這裏，有位！」原來是老朋友老賀站着招手，對面一個樣子清秀，稍稍燙曲了髮，打扮有些古典的中年婦人，就坐在可以容納四人的卡位。

　　彼得行過去，互相介紹身邊的人。

　　老賀行去對面的坐位，讓彼得同哉詩並排而坐。他說：「我大半個月前打電話找你，你不在香港。」

　　「我那時在印度，找我有事嗎？」

　　「老實同我都想找你閒聊，明天可以嗎？」

　　「可以，五點半來你公司？」

　　「好的，我們剛點過餐，你們點吧，我打電話約老實。」

　　過了一會，老賀壓低了聲音說：「彼得，另有一事我正想找你，再下個星期六你有空嗎？我請你食雞泡魚，非常美味，包你滿意，我預你二位。」他說完後微笑，再看了哉詩一眼。

　　彼得不以為然，說：「野生雞泡魚我以前在日本食過一次，用清湯火鍋的形式，確實美味，不過這種魚內臟有劇毒，在日本要考取了執照的廚師才能處理，在香港食可能會有風險。」

　　「不在香港，在國內會清市，中式的燜煮，一大鍋上

桌，風味妙絕！」

「那不是更危險嗎？」彼得一臉詫異之色。

「不，不會有危險！比你在日本食還要安全！」老賀把身體再湊前一些，聲音再壓低一點，說：「那天我們會和市長食飯，這些雞泡魚首先會給民工試過，一個小時還不出問題我們才會吃，所以絕對安全！」

彼得嚇了一跳：「這……那幾天都比較忙，去不了。」

「嗯，我知道你是不想去吧？其實現時內地的官場，這種情況不算什麼，水至清則無魚。當官追求的是政績，其他的事，不在他們考慮之列。」老賀解釋：「其實就算是一個愛民如子的清官，如果本身是庸才，就什麼都做不了。倒不如是個有才幹的，能幹實事，可以改善地方百姓生活，但作風上有些少爭議的能官。」他看彼得沒有表示，就說：「你再考慮一下再回覆我好嗎？那天晚飯後會到卡拉OK唱歌，要在那裏住宿一晚，我會給你安排一個雙人房。如何？」

「嗯。」彼得不想再在這個話題上糾纏：「近來好嗎？」

「很好，我和莉莉剛剛從歐洲回來，名義上是考察德國滌綸廠房的生產線，安排技術人員去學習，其實所有細節早已談妥，前期的付款已經到了對方的帳戶。我是陪老廠長和黨委書記過去做翻譯和講解。然後德國廠商派車和翻

譯帶我們到歐洲各處遊覽，全程招待。去了二十日，真的很好玩。」老賀說得口沫橫飛，莉莉只是微笑不語。

這時四份餐先後到了。老賀首先食完，說：「飯後我們會去跳舞，你們如果沒有別的安排，也一齊來玩玩好嗎？」

彼得望向哉詩，見她眼中有些期許的神色，便說：「好的，就跟你去見識見識！」

到了舞廳，點了些飲品和生果，這時響起了探戈的音樂，老賀與莉莉有默契的站起來，步向舞池。

哉詩看老賀頭髮兩鬢已現出銀灰，但高挑的身材，看起來仍頗有挺拔之氣，拖着莉莉施施然的走到舞池中央。兩人舞姿純熟，配合莉莉婀娜的體態，沉醉在舞蹈之中。

她湊近彼得的耳朵問：「他們是什麼關係？」

「盡在不言中吧！聽老賀說過，莉莉離了婚，獨自照顧兩個十幾歲的女兒，老賀經濟上支持她，對她很好。」

「哦，這個女人看不出是十多歲孩子的母親，很漂亮！」

「如果她長得醜，老賀會看上她嗎？」彼得微笑望着哉詩，說：「不過，比起你，還有所不及。」

哉詩伸手遮擋着彼得的視線：「別胡說！」她隨即把手放下，問：「老賀有家庭嗎？」

「有呀，大女兒快上大學了吧。」

望着舞池中翩翩起舞的老賀，彼得想起多年前的往事；他們曾經是同事，彼得那時是公司內最年輕的職員，認識了從會計師樓轉過來，任職會計的老賀。他下班後一直都有兼職幫人處理會計報稅事務，後來他轉去銀行做事。

　　過了幾年，彼得也轉換了行業，後來出來創業，也找他幫忙報稅，彼得和他常常工作到深夜才一齊離開。

　　老賀的才華得以發揮是轉去了一間幫國內進口設備的公司，老闆是以前從印尼回國參加建設的第二代，在北京讀書時結識了不少高幹子弟，趁着改革開放之機在香港成立公司，取得不少生意。

　　廣東省走得最前，新工廠如雨後春筍。會清市的國營紡織廠老廠長見老賀做事踏實又能幹，挖角找他在香港合作成立公司，再以外資身分採購物資再進內地，享受稅務優惠。

　　老賀所佔的股份雖然不多，但分紅也是可觀的，入股時所欠公司的錢很快便償清，現在更進口最先進的生產線設備，以建立新的滌綸廠。真可謂是時來風送滕王閣！

　　「你會去嗎？去食雞泡魚？」哉詩忽然問。

　　彼得嘆了一口氣，說：「不去了，過不了道德的底線，過不了自己的一關。唉，老賀以為你是我的女朋友，也邀請了你，這真是不白之冤！」

哉詩說：「是呀，不過我都不介意，你不要理會別人的想法。」

兩人的目光再次轉向了舞池，樂隊正奏起跳查查舞的音樂，老賀和莉莉正玩得很高興。哉詩示意出去，彼得笑着說：「我怕跳錯步，踩你腳。」

「不要緊，如果你跳錯了，繼續跳下去就是了，錯了也不影響你的人生！」

彼得說：「好吧，不過你要有心理準備，我真不行的。」

「我教你，學費全免！」

兩人行到了舞池，哉詩見彼得真的連基本步法都不熟。當下叫彼得伸出雙手輕輕的握着，帶着他先操熟舞步。幸好接着的是慢四步，彼得還可以應付得來，他不敢太過貼近哉詩，但當他的手觸碰到哉詩的纖腰時，還是有微微的心跳。

跟着是華爾滋，大家圍住舞池，每對先來表演半分鐘，老賀和莉莉的優雅舞步，贏來一陣掌聲。

輪到彼得和哉詩時，彼得自知不行，把老賀和哉詩推了出去，哉詩舞步輕盈飄逸，長髮在轉身時飛蕩，想不到也是個高手。

大家回到坐位上，彼得讚老賀和莉莉舞藝了得。老賀說：「我們是找老師專門教過的，你要到達我們的水平也不

難，因為你有一位好拍擋。」

「不！那麼複雜的舞步，我怎能做到！」

13. 照遠不照近

　　星期六的下午，公司的同事在一點鐘時已全部放工了，彼得還在靜靜的做着事情，從印度過來的貨已經陸續收到，他需要檢查每包貨物，跟據不同客戶的要求，要重新再處理的，也在貨包上一一註明。如果他不做好這個程序，就會耽誤公司的同事們的後續工作，尤其是這次買貨較多，盡快把貨安排好，資金就可以快些回籠。

　　看看時鐘，已經接近五點，與老賀的約會快到了，只好開始收拾滿桌還未完成的不同種類的貨。

　　彼得快步走去尖東，老賀正在公司等候他，偌大的辦公室，只剩下他一人。見彼得來到，老賀放下手中的文件，沏了一壺茶款客，不久，他的老同學老實也到了。

　　三人圍着坐下，老賀說：「我和老實現在正考慮移民，讓孩子在那邊讀書。不過還未決定是加拿大抑或澳洲。當然，我會繼續留在香港搵錢。想了解為什麼你選擇澳洲而放棄加拿大？」

　　彼得說：「第一是時差的分別，第二是稅務問題。」跟據自己所了解的，都一一跟他們說了。

　　三人東拉西扯了一會，老實總是顯得有些心神不定。

「你有心事？」老賀問。

老實有點恍惚的說：「嗯，心煩！」

「什麼事會令你煩惱？」

「唉，不知從何說起。」老實吞吞吐吐的說：「兩個女人的事。」

聽了老實說的話，老賀就笑了，說：「那些年，我下班後去你公司整理報稅事宜，看見小杏紅袖添香，你二人卿卿我我。但和你宵夜時，你又迎來另一佳人飲酒調情，左右逢源，忙得很啊，羨煞我這個為生活而奔波忙碌的旁人。其實，同時應付兩位佳麗，對你來說，也不是一次半次啦！」

老實神情甚是沮喪，說：「唉，這次不同，阿杏今天早上向我提出辭職和分手！」

「吓，你不是說笑吧？」老賀知道約在十年前，小杏進入老實的公司做事，勤奮有上進心。不久後卻不斷有人前來滋擾，原來小杏先前誤交有黑社會背景的渣男，同居後露出真面目，提出分手卻被要求付出巨額分手費，否則沒完沒了。小杏沒法填滿這渣男的胃口，連轉幾份工都擺脫不了。

老實俠義為懷，出錢出力，幾經辛苦，為她擺平了事件。

小杏明知老實有家室，也清楚老實喜歡拈花惹草，但仍然接受他的追求。死心塌地的對老實不離不棄，更逐漸成為他公司稱職的經理。

　　這幾年老實優哉游哉，現在小杏突然要離他而去，難怪他為此煩惱不已。

　　「怎麼變成這樣？」老賀不解。

　　老實尷尬的說：「為了在牀上的事。」

　　「什麼？」老賀更是大惑不解。

　　原來老實近期看上了阿杏的一個剛轉行做保險的手帕交，毫不諱言的對阿杏說從未試過同二個女人共睡一牀，請求阿杏幫助遊說，阿杏初時不肯，後來禁不住再三的請求，為着令老實開心，厚着臉向她的朋友遊說。

　　最後是老實向她的朋友買了巨額的保險，終於得償所願，二女一男同睡一牀。

　　阿杏最初以為老實只是貪新鮮玩意，一段時間便會回復正常。但後來的發展令她大感失望與難堪，原來老實每當快完事的時候，絕大多數都轉在她的朋友體內完成，她愈來愈感到不是味兒，終於忍受不住而發生今早請辭和分手的事件。

　　老實說得有些顛三倒四，二人好不容易明白了這其中的緣故，卻又不知如何安慰他。

老賀想笑又不敢笑，說：「燈下黑，你是幡杆燈籠，照遠不照近！你自以為與阿杏關係深厚，而忽略了她的感受。你打算怎樣處理？」

老實搖頭說：「我也不知道。」

「你得盡量挽留她，放下你的大男人尊嚴吧！」老賀苦口婆心的勸說。

「唉，我已盡力挽留，但她看來很堅決，變了另一個人似的！」

老賀說：「我們先去吃飯吧，再想想辦法！」

找了間比較清靜的中菜館，喝着拔蘭地加冰。老賀見氣氛有些凝重，笑說：「鬼佬只有喝威士忌才加冰，看見我們這樣飲拔蘭地，已經覺得我們不懂欣賞，看見加入汽水，更會搖頭嘆息。」

老實心不在焉，彼得也不知說些什麼才好。

老賀直入正題，對老實說：「這些年來，你只顧交際應酬，公司內部所有流程，阿杏做得妥妥協協，你全無後顧之憂！只要想想，她離開後公司會怎樣，或者你會想到辦法。」

「哼，難道沒有她公司就會倒閉？」

沉寂了片刻，還是老賀先開口：「彼得，你不認識阿杏，算是局外人，你的看法如何？還有得救嗎？」

這晚彼得由始至終很少作聲，一來是感到這事情實在是太荒誕了，二來是覺得自己跟老實的交情還未去到無所不談的地步，不好交淺言深。這時被問到，就說：「我也贊成好好的同阿杏再談談，愈快愈好！誠意很重要，未必無轉機。」

　　過了一會，他見飯菜都差不多了，二人還繼續喝酒，商議怎樣令阿杏回心轉意。想着明天還要做事，就先告辭了。

　　星期日，彼得回到公司做事，快到中午時分，電話響起。

　　「我來探監送飯。」哉詩的聲音。

　　「你是開玩笑嗎？」彼得憶起了星期五晚在跳舞廳曾開玩笑，說過假日也要回監牢做事，哉詩也開玩笑說到時會去探監。

　　「不，我快來到了，你想吃什麼？」

　　「無所謂。」

　　「烹牛燒雞且為樂，會須一飲味噌湯！如何？」

　　「唔……」

　　「要提示嗎？」

　　他這時因為坐得太久，便站起來講電話，望着街道對面的商舖。脫口而出：「吉野家！」

「這麼快便猜到了，想想楊修的下場！」

「毒死我？」

「很可能！」

「生亦何歡？死亦何苦？憐我世人，憂患實多！死在你手，樂事一椿！」

「哼！別胡說！你怎樣猜到的？」

「不是猜到，是看到！」

飯後彼得繼續工作。哉詩也沒有閒着，她學習鑽石的等給分類，不明白的時候就向彼得請教。漸漸的把心思都放在一顆顆小小的，晶瑩的石子上，透過放大鏡，窺探內裏的世界，想要了解更多，就得花費多些時間。

離開的時候，斜陽殘照。漫步到了尖東的海旁，剛好一輪紅日從港島的西邊沉沉落下，很快便不見影縱了。

14. 莫使金樽空對月

華燈初上，人潮如水，兩人朝着人流較少的方向漫步，到了漆咸道，迎面而來是堆滿了花牌的場面，一家日本餐館新開張，看來似乎頗有規模。

「就在這裏晚膳好嗎？中午你花費了，晚膳就由我請。」

兩人隨穿着和服的年輕女侍走下地庫層，走過曲折的通道，進了一個日式小間，入口半捲竹簾，甚為清雅。

「今天是小店的開張日，為表謝意，我們請飲清酒，無論多少，都會免費，但只限於冷飲，熱飲便要收足費用了。」女侍說。

冷酒很快便來到。哉詩把酒斟到杯中，睨着彼得，說：「如果今晚你再似在孟買般飲得少過我，就不算是男子漢！」

彼得笑了一笑，說：「那時身在異鄉，又住在同一房間。我信不過自己，迫不得已！今晚你要飲多少我都陪你，一醉方休！」

哉絲笑盈盈的說：「何必理多少，盡興就是！」

「好！捨命陪君子！」彼得笑着說。

「我可不想做君子！君子多約束，有何意思？偽君子虛

假，污染人間！」她眉頭顰蹙，一臉的不屑。

「那大小姐要做怎樣的人？」

「聖人說唯女子與小人難養也。哈哈，我只想做一個不靠人養的小女子，僅此而已。」哉詩說着，眼眸的深處閃着光，拿起酒杯，兩人碰了杯，一飲而盡。

彼得忙道：「先吃點東西，免得空肚飲酒，傷了脾胃。」

兩人吃了些壽司和刺身，這時天婦羅和另一壺酒也端上來了。

哉詩與他再乾了一杯：「很久沒有這樣痛快的飲酒了。」她面泛紅霞，眼睛帶些憂鬱，緩緩的說：「我以前的男朋友，追求我的時候，知道我喜歡跳舞，陪我參加舞會。我愛看金庸的小說，說起《笑傲江湖》，他就邀我共遊華山。一路上說盡了甜言蜜語，在華山的巔峰，月圓之夜，更許下了山盟海誓。只是後來慢慢的發覺，他漸漸的把這些技倆也都用在別的女生身上了，說到底虛有其表並不會長久！」哉詩說着有些黯然，舉起了酒杯。

彼得也乾了，安慰她說：「君不見黃河之水天上來，奔流到海不復回。何必為過去了的事悲傷，為不值得的人傷心！你不是說過要活在當下嗎？」

「現在看來，這不過是小事一樁，時間是治療傷痛的靈藥！」哉詩再將酒杯添滿，臉龐回復光彩，笑意盎然，說：

「對，莫使金樽空對月！」

彼得凝望着她，竟有些癡了。

突然間，心中深處一道光隱隱閃過，究竟是什麼，無暇細想，哉詩的酒杯已經遞到了來，忙碰了杯，一飲而盡。

時間不知不覺過去了，隆冬下夜深的漆咸道，行人疏落，每隔一小段路便有的士停在路邊等客。哉詩腳步有些輕浮，她從未試過喝那麼多冰冷的酒，一陣冷風吹過，忍不住就在路邊雨水渠道口嘔吐起來。

「怎麼啦？」彼得關心的問。

「都是你！為什麼在印度你好像酒量不算好，令我有錯覺喝酒可以贏你！」

「噢，原來是我的錯！」彼得不由得笑了。

「還有！為什麼每次我出醜的時候，你都在我身邊！」

彼得笑着搔搔頭：「你有試過出醜麼？怎麼我不知道？」

「你……」冷風吹過，哉詩未能說下去，又再嘔吐。

她不再多說話，抱緊他的手臂，挨緊着他，把身體的重量多放些在他的身上，這是對他的懲罰，她心裏想。

兩人坐的士去到沙田西林寺附近，那裏有好些一棟三層的村屋，因沒有汽車直達裏面的道路，的士只能在村口停車。

兩人蹣跚的走了約十分鐘，在一個圍牆繞着的小院落門前，哉詩掏出了鎖匙，開了門，挽着彼得走了進去。在門框旁邊開着了燈，關上門。一只大唐狗撲了出來對着他們輕吠，哉詩一聲叱喝，大狗登時繞着他們搖頭擺尾的打轉。

　　彼得見圍牆兩旁種植了竹樹，小道有些彎曲，不規則的大石塊鋪蓋在泥土上。他怕哉詩滑倒，扶着她往前行。

　　哉詩開了屋門進去，又開了屋燈，用腳把狗攔在門外，關上了門，順手關了院子的燈，領着彼得步上側旁的樓梯，二樓看來是客廳，盡頭處有一門打開，看似是廚房，對開放了一張稍矮的小餐桌。

　　哉詩直入到了廚房，找到了些花旗參和蜜糖，放入兩隻杯內，在電熱水壺放了水，調和了，一杯遞給了彼得。她喝完了一杯的花旗參蜜糖水後，把空杯放在桌上，感覺舒服多了，脫下了大衣，拉着彼得在沙發坐下來。很快，她身體一歪，把頭挨在他的肩上，秀髮貼着他的頸肩，似睡非睡的閉上眼睛。聽着她均勻的呼吸聲，香氣襲人，彼得不由得怦然心動，在她的臉頰上輕輕一吻。她半瞇眼睛，嬌嗔的往後一靠，伸手扯他的手臂，使他同時倒在沙發，伏在她的身上。她低聲的說：「家裏只有我們倆，沒有別的人。」

彼得此時只覺得心中一團火正在燃燒，慾望戰勝了理智。

　　正在此時刻，一陣陣狗吠聲響起，此落彼起，由遠而近，狂吠聲愈來愈響，似是全村的狗都參加了。彼得驀地坐起，他望着本來在自己身上的大衣已掉落在地下。兩人都有些衣衫不整，暗呼好險，他愧疚的說：「唉，我太過分了，幸好還未鑄成大錯。」

　　「你不喜歡我？」

　　「不！怎會呢？如果不是已經結了婚，我肯定會追求你的！」

　　哉詩有羞澀的說：「如果我只要做你的女朋友，你會怎樣？」

　　「誰都可以，唯獨是你不可！」彼得沒有猶豫。

　　「唯獨我不可以？為什麼？」哉詩還以為自己是不是會錯意了，幽幽的迸出了這兩句話。

　　「我眼中，你太好了。」彼得嘆息了一聲：「你應該找一個比我更好，更適合，有資格愛你的，能給你真正幸福的人。」

　　「我所遇見到的男人，如果不是書呆子，就是浪子。只有你，才與眾不同。在孟買海堤的那天晚上，我就意識到，你是我可以託付的人。我期待與你共遊金字塔，吳哥

窟，以及另外的世界奇觀！你說過年輕時想去體驗風吹草低見牛羊的草原和大漠景色，還有不到黃河心不息！這些都是我期待與你攜手共遊的！」她一口氣將心內的話說出，感到舒暢了許多。

聽她吐露心事，彼得不禁心中感動。想不到一個如花似玉的女生，對自己竟會有一番情意，想起兩人在印度相處的景況，更是傷感。過了半晌，他說：「你似驚鴻般掠過我的心扉，本應是我夢寐以求的的佳侶。其實我之前也曾想過你所想的，不過我還是想通了，如果我們不顧一切的在一起，日子久了，大家都只有痛苦，不會有快樂的。」他凝視她，眼神帶着憂傷，繼續說：「如要我拋妻棄子，我一定會受良心責備。如果最終同你分開，豈不是同你所說的那些薄倖男兒相似？我們應趁大家感情還未深陷其中，未鑄成大錯之前就要揮慧劍斬斷情絲！」

哉詩沒有答話，她何嘗不明白這道理，只是捨不得就此分開。沉默了片刻，她說：「將來的事沒有人可以確定，為何要為不可預知的事煩惱？」

「跳舞錯了舞步，從頭來過便是，但這可以嗎？」彼得稍稍定下神來：「如果今晚是我醉了，你會怎樣？你會送我來這裏嗎？」

「不一定，可能是酒店，亦可能是這裏。」哉詩臉上紅

了。

彼得按捺着心內再次蠢動的一團火，說：「你沒有想過後果嗎？」

「有呀，不過無論將來那種情況出現，我都不會是輸家。」她頓了一下，看彼得面露詫異的神色，緩緩的說：「雖然我們相識不算很久，但以我對你的了解，如果今晚醉的是你，明天以後，非不到萬不得已，你不會離開我，反而是我要考慮應不應該離開你！我會不會像我媽那樣對我父親守一輩子，可說不準！」

望着她，彼得驚訝得說不出話，他完全沒有想過事情會這樣發展，更想不到她會說這樣的話。

過了好一會兒，他才定過了神，莞爾的說：「相濡以沫，不如相忘於江湖！」

在哉詩的腦海裏，這時也是一片茫然，她花了大半年的時間，到處遊蕩，為的是遠離令她傷心的人，離開傷心地，慢慢的心情經已平復。誰知道不知不覺間，內心處卻又有一個人闖入，這家伙若即若離，甚是可惡。她費盡心思佈下了一張網，眼看就要把他捕獲。最後關頭卻給一群不知所謂的狗的狂吠聲驚破了好事，難道這是天意？

「你在這裏過一夜吧，這時候你難以找到的士回去。」她壓抑着自己的情緒，站了起來。

「好，我明天才回去。」

「我餓了，煮即食麵，你要不要？」

「好的，我也要半份。」他隨她再進入廚房時，發覺內裏還有一間房，不覺多望了一眼，她淡淡的說：「那是傭人的住房。」看着他疑惑的眼神，她有些尷尬：「她今晚不會回來，在僱傭公司的宿舍住宿了。」

吃着麵，彼得心中覺得很奇怪：「我從來沒有吃過這麼美味的即食麵！」他用詢問的眼神望着哉詩，說：「怎可以做出這效果？」

「你剛才也在廚房，怎麼就沒看出其中的巧妙？」

「唉，我心不在焉！」

「其實很簡單，我媽把遊江南時帶回來的上等金華火腿熬成了濃湯，用不同大小的塑膠袋封實，放在雪櫃的冰凍格冷藏，就像我們在印度所喝的芒果汁一樣。我剛才拿了些出來，煮滾了放些青菜，再倒在兩碗用清水煮過的麵上。」

這時兩人都沒有了睡意。哉詩燒滾了開水在桌上沏茶，說：「這是我媽珍藏的舊普洱生茶，我們也不輕易喝，這次便宜你了！」

彼得這才明白餐桌略矮的原因，看着她把滾水注入小紫砂壺中後馬上倒掉，一次又一次的重覆，彼得有些不理

解：「喝茶前用滾水把茶清洗一次不夠嗎？這些茶既然那麼珍貴，為何你接二連三的清洗，這不是太浪費了嗎？」

「我媽說過，普通的茶，洗一次便可以了。但存放愈久的古舊的普洱生茶，陳塵舊味愈多，清洗一次是不足夠的，要去除清這些異味，就要清洗三次。」她微微笑着，神情看來頗為平靜。

彼得點點頭，說：「原來有如此的學問。」心中不由得有些佩服，但此時的心思不在品茶上。打量四周，佈置清簡，除了沙發外，都是些古舊的木家俬，牆上正中掛着用陳舊框架鑲起的一幅字，二側一邊是梅蘭，另一邊是菊荷四幅瓷畫。他站起來細看，這幅字分二行，寫的是：

至近至遠東西　至深至淺清溪
至高至明日月　至親至疏夫妻

行書飄逸，但似乎力度稍為不足。他第一次接觸到這首詞，思量着當中的意思，心想同樣是夫妻，有的是相親相愛，有的是兩心疏離，一時間竟怔住了。

哉詩看了看似是癡呆了的彼得，說：「這是我媽媽很喜歡的一幅字！她說是一位女書法家所寫。這二樓是我和媽媽共聚最多的地方，食飯，下棋，閒談，都在這裏。」

「下棋？女士很少喜歡下棋！」

「嗯，是圍棋，媽媽教我的，但我不能青出於藍，與她對弈，始終是輸多贏少！三樓是媽媽的起居地方，她彈鋼

琴時便不會吵着我讀書，也方便她上天台看書和照顧她的蘭花。」

「彈鋼琴？」

「媽媽說鋼琴是父親送給他的定情禮物，德國製造，雖是舊貨，性能非常好，在曾福琴行買的。」

「你不是說過她也上班嗎？能有這麼多的時間下棋，彈琴，看書，種花？」

「她大部分時間都用在琴棋書花方面，上班只是她的兼職，一星期工作三天，是避免和社會脫節而已，況且那公司的老闆是熟人，她並不拘束。」哉詩緩緩的說。

「啊，這樣的生活，我連做夢都不敢想！」彼得嘆了一口氣，悠然神往。

「哈，就算是我這個活生生的人，也是為了我媽媽而存在的。」她笑着說。

「哦？」

「我父母親相識的時候，父親年紀比你稍大，母親年紀比我現在稍為年輕，兩人為了給對方絕對的自由，協議不要小孩。但過了好幾年，母親便與父親相議，她往後不想嫁人，只是希望將來會有個親人相伴到老，所以才有了今天的我。」

「喲，你確實是責任重大！」

「嗯，一樓是我的寢室、浴室、書房。我有時較晚回

來，也不怕影響到我媽。」

「她⋯⋯現在在哪裏？」他有些心虛的問。

「南京的梅花山？楊州瘦西湖的二十四橋或是个園？潯陽水鄉？還是在蘇州茶館聽評彈？我也不肯定，只知道她現在和閨密手帕交在一起，還有幾天才回來。」說到這裏，她腦海泛起了早年時父母親同她共遊大江南北的溫馨場面，面上不禁露出了微笑。

彼得不由得嘆息道：「這歲月靜好的日子，看似簡單，實在太不容易，如今世上有多少人可以做得到？」

「你們大丈夫要建功立業，我們小女子只想隨心的過日子。」

「你是小女子？你的膽量和見識我們男人也及不上！」

「你太過譽了，小女子何來膽量和見識！」頓了一下，她問：「你相信緣分嗎？」

「嗯。」

「你真不覺得我們有緣分嗎？」

「唉，我們相遇的時間不對呀！」他的聲音軟弱無力，也不知到底是對自己還是對她說。他發覺，從悉尼機場偶遇到隨後發生的事，自己好像是一步一步的，自然而然的陷入了難以走出的迷宮。

15. 潤物細無聲

　　天已開始發白，哉詩送彼得出村。

　　彼得迷迷惘惘的回到了家中，腦海還是很混沌，他嘆了一口氣，洗了個熱水澡，任由熱水打在臉上。

　　從印度回香港後，還未有休息過一天，這時舒服的躺在牀上，可是儘管疲倦得很，翻來覆去，還是沒法入睡。哉詩臨別時囑咐，說要對自己好些，不要工作太多，不要想得太多的話仍然在腦裏蕩漾，她的一顰一笑，時而倔強時而溫柔的神態交替出現。過了好一會兒，倦透了的他，終於進入了夢鄉。

　　夢裏，回到了從前。

　　在兒時居住的小樓裏，深夜裏醒來，聽到一陣熟悉的響聲，不遠處的人力縫紉車嗒嗒嗒的響着。

　　爬起牀，掀起板間房門口的門簾，朝着右前方的微弱燈光，看到母親的背影。

　　走前幾步，想看看她美麗慈祥的臉龐。

　　母親低着頭，左手按着布料在縫紉機的桌面上，引導着衣料的前進方向，右手有時輕輕抓着右上方的圓環，用以控制機器開始或停頓。當機器停下時，就會執起剪刀，

剪掉線頭。

她左腳踩在踏板上，令其上下擺動，踏板邊的鐵軸向上連接着使機器開動。右腳盤起在左邊大腿上，妹妹就在這個人造搖籃上熟睡了，要是早些放在牀上，就會哭鬧不休。

母親停了下來，輕撫着小子的頭，柔聲的說：「睡吧，回去睡啦。」

而睡眼惺忪的我，也就滿意地回去再睡了。

彼得醒來的時候，已經是下午，太陽開始西斜了。打了電話回公司，知道沒有特別的事後仍然躺臥在牀上，他精神有些恍惚，想起小時候與母親相處的情況；

母親有二姐一兄，是家中孻女。

那時代，女子大多數是文盲，幸好外公曾請私塾老師同時教她仨姐妹讀書，母親牢牢的抓緊了這個難得的機會。

新中國成立後，結束了多年的戰亂，不過百廢待興，百姓生活仍然異常艱苦，父親遠赴湛江工作，留在佛山的一家人，開支主要靠母親裁縫衣裳的收入。

小時候，我時常看到妙齡的少婦或少女，帶着布料來請她做衣裳，有時是帶着信件，請她讀信和寫信，甚至就一些私人的感情問題，向她傾訴請教。

那些年，我習慣了看着她先按實際尺寸畫草圖，然後剪成紙樣。如果是新歀式，花的時間較多，有時會一邊抽着精銅製造的水煙筒，一邊苦苦思索。再三量度過不會出錯後，才裁剪衣料，然後經「勝家衣車」縫紉成衣服。最後工序是製鈕扣，一針一線的把布料縫成實心的條子，然後按款式打結，縫在衣襟上，除了實用，還有畫龍點睛之效，一件漂亮的衣裳，就此大功告成。

「勝家衣車」每逢在趕工時，便會通宵達旦的響着。

彼得想繼續睡，卻偏偏胡思亂想，腦海出現了另外的景象；

出來做事兩年，我在公司突然接到母親的電話，因工作地點較近，最先趕返到家中，緊接着，聖約翰救傷隊的成員來到，我從所謂的廳中的牀上把父親抱上擔架時，他的身體還是暖的，背脊的汗水還沾濕了我的雙手，他好像是熟睡了還發着吃喝玩樂的好夢一樣，只不過是停止了呼吸而已。

那年的夏天，內地文化大革命剛開始不久，香港受到影響，時局動盪。旺角街頭，常有刺鼻的催淚彈氣味，父親卻安詳的辭世去了。

母親曾說：「你父親風流倜儻，寫得一手漂亮的字，可惜就是不顧家，家道中落之後，仍然顧着風花雪月。」

彼得思想有些不受控，他知道不能再安睡了，就下樓去開着車，從何文田山駛出，愈開愈快，逢車過車，慢慢的腦海內沒有別的思念，全神貫注的高速駕駛，經過了美孚新邨，到了荃灣，轉入了青山公路，每當前面的車輛慢駛，就聚精會神的找尋機會爬頭，在容不得半點差錯的情況下，腦海一片澄空，心境反而平靜了下來。

　　房車在新界狂飆了一圈後，來到了紅磡的青洲街，母親就住在這清靜的小街道上的一個單位，有一個通曉粵語的泰籍女傭照顧她。這是彼得安排的，因為這裏較近姐和妹的住所，五兄弟只有他一人仍留在這個城市，他有時也會去印度和過澳洲，這樣的安排會比較妥當。

　　天氣漸漸暖和，春暖花開的日子到來了，這一天晚上，哉詩打了個電話給彼得，告訴他短期內會離開香港，和幾個朋友去旅遊，幾時回來，還未定下來。

　　她說：「一朵花的生命，只有一次，為你而開得絢爛的那朵花，如果謝了，就永遠與你無關了！」彼得知道，如果不再把握這最後的機會，她就會離他遠去，永遠失去她了，就像一縷青煙，轉眼便會飄散。

　　彼得眼前閃過一幅幅與哉詩共處的圖畫，他幾乎控制不住自己，告訴哉詩他會把花兒捧在手心內，永遠。但彼得最終沒有豁出去，只是在祝福哉詩，囑咐她小心保重。

哉詩明白這男人不會像父親那樣，不顧一切地守護母親般守護自己了，她的心反而變得沉靜，互道珍重後她掛了電話。在心田盛開着的那朵花，開始枯萎。

16. 東方之珠

老賀籌備進口機器設備的會清滌綸廠開始投產了，開幕吉日這天進行了隆重的剪彩儀式，隨後慶典在禮堂舉行，市領導和一些重要的人物發表了講話後，自有工作人員帶着一組組的嘉賓到廠內各處參觀，晚宴就設在用竹棚臨時搭建起帳篷的廣場，偌大的廣場擺滿了酒席。

老賀持有小數股份的香港公司分派了大部分的費用，他個人亦有一圍枱的名額去參與這項盛事。他邀請了香港的眾好友前往參加這個慶典，賓客都早一日來到，兩日兩夜的行程和各方面的用度都全部免費。

他躊躇滿志，多年來日以繼夜的努力工作，雖然不愁溫飽，但亦不敢奢望出人頭地。最大的願望是考取到會計師執照，但不知是否不夠時間溫書或是運氣不佳，總是名落孫山。料不到兩年前機緣巧合，有機會組織一間算是有規模的公司成為合伙人，除不愁生意外，所負責的事務例如銀行融資，對外聯絡談判，稅務事宜，都是自己的知識範圍，可以發揮自己所長。

每桌枱上都放了一瓶陳年軒尼詩拔蘭地、五糧液和紅酒。老賀親自向在坐的每一位添酒，最後到了莉莉，向她

展露了一個含蓄的笑容，自己也添了小許。敬了眾人，不等上菜，就離席到廣場中央的主家席敬酒。老賀依次向市委書記、市長、眾位領導、老廠長等人逐一敬酒，並感謝各位領導的照顧和提攜。

他再到有相識的桌上祝酒，當回到坐位時，還未顧得上多吃些菜餚，就陸續有人前來祝酒回敬。老賀見席上的拔蘭地酒所剩無多，再向服務員簽名索取。

一個身材稍胖的男子從席上走出來勸阻，老賀此時但覺風光無限，哪裏肯依？笑道：「阿豬，你好色無膽，好酒無量，今天就讓你見識見識！」他與阿豬也是舊同學，平時慣開玩笑，阿豬這名字是花名暱稱，此時老賀興起，當着眾人面前取笑他。阿豬似乎不以為忤，只是無言以對，訕訕的回坐。

彼得本來也想勸勸老賀，身傍的阿立說：「算了罷，勸不了的。」也就算了。

老賀來者不拒，沒有半點囉唆。眾人原本以為香港人酒量遠不及內地人，但見此時老賀愈戰愈勇，眾人都惊訝他的酒量。

阿豬一向知道老賀酒量高過自己，但不知相差這麼遠，此時也是由衷的折服。他偷看了坐在莉莉旁邊的女士一眼，她是莉莉的好友，也是失婚婦人，相貌端莊。老賀

本來想藉着今次機會撮合他和她發展成為情人，阿豬心癢癢的，不過思前想後，雖然羨慕老賀的齊人之福，但又怕會有滅頂之災，考慮再三，還是拒絕了老賀的好意。他內心嘀咕：「好色無膽，好酒無量，原來真是我的寫照，但安穩的過日子，不也是很多人都求之不得？」

老賀這時的酒意已經到達頂點，但仍強撐着，談笑風生直到散席。他心想可惜老實不能來，老實最近太忙碌了，阿杏最後還是留不住，自她離開後，實在找不到合適的人選代替。

復活節快將到來，彼得就飛過去澳洲悉尼與家人共聚。

回到香港不久，朋友莫平來訪，二人相識已久，因工作地點相近，有時都相約一齊午膳。莫平告訴彼得，有人有一批鑽石首飾想出售，因為等錢用，價錢可以賣得很便宜。

彼得隨莫平到了附近一棟舊樓，步上了二樓，在一間簡陋的房間內，一個看起來約五十歲的中年人，笑容可掬的拿出了一個小包裹，打開一看，內裏有多只鑽石介指。彼得用帶來的專業放大鏡，看了一會，見這些戒指全沒有用過的迹象，心想這些來路不明的貨物，還是不沾手為上，便說不想買這種貨，起身告辭。

這中年人微微笑，說：「看在莫先生的面上，可以幫忙

評估一下價值多少錢嗎？」

彼得看看在旁邊的莫平，莫平點頭陪笑說：「他是我哥的老朋友，就請幫忙一下吧！」

「可以，但這樣看不準價值，要把鑽石從戒指取出，才能看到真正的價錢，不過如此一來，戒指托便不能再用了。」

當下找不到鉗子，彼得就用指甲鉗很輕易的把抓着鑽石的抓子擰鬆，取出鑽石在辦公桌上的燈光下用專業放大鏡仔細觀看，然後再用白卡片夾着鑽石定顏色度，就着戒指托內刻着的鑽石重量，逐一說出了估價，這中年人用紙一一記錄了。並問要收多少費用，彼得答不用了。中年人遲疑了一下，說：「你不想買，我們也理解，但你既幫忙定價，收取費用也應該。」

彼得說：「對我來說，這只是舉手之勞。平兄是我的好友，你是平兄哥哥的好友，不用計較了。但只此一次，我也不會再來，出了這門口，我就會把今天的事徹底忘記。」

「這樣吧，我們社團有經營一些娛樂場所，你們去消遣一次，由我們請客，兩不相欠，好嗎？」

彼得本想推辭，莫平卻道：「好的，這樣甚好。」

過了兩天，黃昏時分，在銅鑼灣的一家卡拉 OK 寬敞的包房間內，莫平正在和一個女生對唱相思風雨中，甚是

陶醉，房內四個打扮得花枝招展的女生伴着兩個男人似乎玩得都很開心。

已經一小時了，這時媽媽生留意到，其中一個男人已向她示意了要帶出街的小姐，另一個卻仍然沒有合眼緣的對象。

媽媽生連換了幾批女生都是一樣，看來這人已不打算帶女出外，準備離開了。現時沒有進過這房間的只剩下一個剛來洽商不久的年輕女生。媽媽生看她怯生生的拿不定主意，就說：「現在有一個客，是個斯文人，不難應付，你不妨先試試，看能留住他多久。」

見她沒有反對，來不及分配儲物櫃讓她放下手袋，匆匆的交帶了幾句，把她領入房間，坐在彼得的身邊，說：「她叫Katie，是第一日返工，你是第一個客人，請你多多擔帶。」

彼得轉頭來看看剛進來的女生，烏黑的，長長的頭髮披散着，把面容遮掩了小半。不施脂粉，面色蒼白，眉清目秀。套上了圓領的白色鬆身運動服上衣，像是大了不止一個碼，身材被掩蓋了，連手掌也被遮蓋了大半，與這個場合顯得格格不入。

莫平摟着已經換上了便服剛剛折返的女生，他已經有些急不及待了，說：「彼得，我先行一步啦，你走的時候記

得不用埋單！」還未等彼得答話，就離去了。

「我剛剛到來，還未有預備返工的服裝，你不會見怪吧？」Katie 的聲音柔柔的帶有點兒冷漠。

「我覺得這樣很好，濃妝豔服反而不自然，也不適合你。嗯，你以前是做什麼工作的？」

「以前是在紅磡的首飾廠做配發工作。」

她這句說話瞬間就抓住了他的注意，彼得望着這個像是鄰家女孩的少女，那清澈靈動的眼神透着一抹淡淡的憂傷。

「啊，那是些什麼樣的工作？」彼得對這少女發生了興趣，心想是真是假，很快就會知道。

「公司是倒模首飾廠，同一個款式會造很多件，鑲上大小不同的碎鑽石，我的工作是配上合適大小的碎鑽石，再發放給師父鑲嵌。」

彼得腦海裏突然出現了哉詩在學看鑽石的影像，他連忙定下神來，說：「那工作不容易，很難吧！」

「不，一點也不難，用篩就很容易把大小分別出來，數上粒數便可以了。」

「訂單是香港的零售公司？」

「不是，訂單主要來自美國，小量是歐洲。聖誕節前三個月就是最忙的時候。」

說到這裏，彼得已經知道她說的全是是真話，接着再談了些別的瑣碎事，她也是隨口便說出，並沒有隱瞞或做作的樣子。沉吟了片刻，說：「你怎麼會來到這裏上班的？」

　　「有朋友在這裏做過，她介紹我來試試能不能適應，這場所一直都在招人。」

　　「你來這裏上班，有沒有考慮清楚，今天過後，很可能就返不到轉頭了。」

　　「我明白。」Katie 臉上閃過了一絲決絕的神色。

　　彼得望着這個容貌皎潔的少女，心想這小妮子這樣淪落風塵未免可惜了，心念一動，掏出了身分證，遞給她說：「來這些地方的人，大都不用真名字，我希望跟你坦誠的說說話。」待她看過後，就接着說：「我也可以看看你的身分證嗎？我不想大家連名字都隱瞞。」

　　「可以。」Katie 爽快的把身分證從手袋拿出。彼得看得仔細，說：「香盈，這名字真有意思，水滿瀉落，香盈飄逸。」

　　香盈接回身分證，忍不住問：「聽說你剛才不太理會所有進來的女生，沒有跟她們多交談，也不唱歌，只是聽別人唱歌。」

　　「嗯，我原本只是陪朋友來消遣而已。」

「那你為什麼同我談那麼多？」

「因為合眼緣吧？你第一天來上班，也是全場最漂亮的一個。」他看香盈有些羞澀，便直接的說：「你來這種地方上班，一定有你不想說出的原因，不過將來可能會後悔的。你在這裏一個月可以賺取多少錢？」

「我的朋友告訴我，她那時每個月大約有七萬元收入，對客人亦有選擇權，不喜歡的話可以不出街。」

彼得猶豫了一會，沉吟着說：「我已經辦理了移民，家庭不在香港。工餘時也很寂寞，如果和你做一個交易，每個月給你三萬元，就充當我的臨時情人，你日常也可以再找別的正常工作，你願意嗎？」

香盈完全沒有想過這男人會說出這樣的話，躊躇着沒有回答。只聽得他繼續說：「我知道以你的條件在這裏上班，如果肯勤出街的話，可能會賺得比你朋友更多，不過這樣燃燒青春，值不值得，你自己衡量。」

半晌，她說：「你如果一個月就不繼續，那我怎麼辦？」

彼得咭一聲笑了起來，說：「那你可以再來這裏上班呀，沒有人能夠阻撓你的。」見她沒答話，就說：「你對我有任何不滿意，可以隨時終止這項交易，如我不滿意，則要提前一個月通知你，如何？」

「那我如果今天收了你的錢，明天就說不滿意你，不再見面，也可以嗎？」香盈有點冷漠的臉容綻開了笑容。

「當然可以！就是這意思！」

「那我怎樣稱呼你？」

「我的朋友都叫我彼得。」他從錢包取出了三千元，「我身上帶的錢不多，你先收下。明晚七點我們在山頂的花園餐廳晚膳，我會再帶三萬元給你，你想想還有什麼話要到時說清楚。」

香盈默默的把錢接過，有些迷惘，呆了一會，她把錢放進了手袋。卻見彼得站了起來，說：「我先走了，明晚見。」遂茫茫然地目送彼得拉開房門離去。

彼得走到了入口大堂處，東方之珠的樂曲正在響起，幾個伴唱女生正坐在大螢幕前練歌，其中一個正在唱：「這小島外表多風光，可哀的是有人仍住陋巷……小島中路本多康莊，可哀的是有人仍是絕望！」

彼得沒有多停留，落下大街。銅鑼灣的夜晚，霓虹燈五光十色的亮起，照耀着匆匆而過的人潮。

17. 霧鎖香江

　　第二晚，香盈準時到達了山頂餐廳，大廳中尋不見彼得，轉向室外，在靠欄杆處一張小桌子旁找到了他的蹤影，側着面，蹙眉望着遠處山谷冉冉升起的霧氣。身後不遠的一面小牆裝嵌了竹架，紅色與紫色的牽牛花正在爭妍鬥艷，鐵欄杆周邊的薔薇正在開得燦爛。

　　當他發覺她香盈站在跟前時才醒覺，馬上站起來。仍然是不施脂粉的她，可能是趕着過來的關係，素臉白裏透紅，淺藍脫色牛仔褲，與昨日不同，今日白色長袖悠閒袖衫，掩蓋不了她苗條的身材，秀麗的身段。

　　彼得見她有些拘謹，忙招呼她坐下，說笑道：「好長時間沒見面，差些認不出你了」。他隨即拿出一個大信封，遞了過去說：「內裏有三萬元。」

　　「你不怕明天就找不到我？」香盈聲音柔柔的，微笑着把信封放在桌子上。

　　「沒問題，既然是這樣，你也不用給我聯絡電話號碼，我不找你。」他漫不經心的說。

　　「先跟你講清楚，今天是星期五。逢星期六、日，我未必能陪你，學校放假，我要陪弟妹。」

「好吧。」他無可無不可的說：「你把錢先放好，莫丟失了。」

香盈知道星期六、日是太空人最空閒的，亦該是最寂寥的時候，沒有想過他這麼輕易就答允了。

「有一事，我本來想再遲些才同你講，不過現在先講清楚也好，你不能懷孕，萬一懷上了，就要墮胎。」彼得認真的說。

「你放心，沒問題，我比你還緊張！」香盈心中冷笑，女人會那麼容易為男人生孩子？

她把裝着錢的信封放入了手袋。說：「其實我今天去過家計會，了解過這方面的詳情，口服避孕藥我怕有時忘記了咽服，已經準備打避孕針，一個月一次，月經來後打針，就不會忘記。」

事情就此定下來了，香盈心情輕鬆了些。點過了餐之後，她把頭髮撥回肩膀後面，說：「你看來很喜歡這餐館？」

「我確實很喜歡這裏的環境，不過並不常來。你不喜歡這裏？」

「我第一次來，這餐館很獨特，很有古典味，我喜歡！」

「這裏最初是轎子的停泊處和轎夫的休息室，百年歷史

了吧？隨着轎子的式微，才改作茶座餐廳。」

飯後，彼得提議散步，他們沿着山邊的路前行，過了一會，霧氣一陣陣的湧過來，愈來愈頻密，前面視野變得模糊了，這時只看見發自霧燈的微暗黃光。香盈從來未有走過這段路，更未試過這種情形，不自覺的靠近了彼得的身邊，說：「這樣大的霧，前面的路都看不見了。」

「雖說山頂在這時節是常有大霧的，不過大到這樣我還是第一次遇到。」彼得伸手把她拉到了自己的右面。

「左邊是山谷，你在右邊行，靠山！不用怕，這條路我行走過多次，熟路！」說着緊握住她的左手，靠着前面微弱的霧燈光，繼續前行。

兩人圍繞着山坳走了一圈，不到一小時便到了老襯亭。此時濃霧仍未散去，已沒有別的遊人。大霧瀰漫，掩蓋了遠處的燈光。

香盈想起上一次在這地方看夜景的情景，當時萬家燈火，前面一遍光明。而今眼前所見只是散不去的濃霧，是否象徵着自己將來的前路茫茫？心內難過，轉過身來不再看。

彼得退後一步，凝望她，雖在大霧中，仍可看見她神色不自然的背靠圍欄。

「怎麼啦？不舒服？」

「沒有大礙。」她輕輕的搖頭。

「這裏有些涼意，小心着涼了，我送你回家早些休息吧！」

下山的路上，一陣陣的風驅散濃霧，然後捲着雨向行駛中的車撲過來，時緊時緩。雨點瀝瀝的敲在擋風玻璃窗，水撥急速的來回擺動着，視野一時清晰，一時模糊。車內的香盈望着前方，心卻像是被人絞索着，緊一陣，緩一緩。

下了山，雨停了，車子向九龍駛去，到了牛頭角道慢了下來，轉入了橫街後停下。

香盈下車的前一刻，彼得只說了一句：「我下個星期二傍晚七點在這裏接你？」便開車離去了。

躺在牀上的香盈，想着這二天所發生的事，感覺如真似幻。

這二天他只是在最大霧的時候拉自己到靠着山的一邊行走，緊握着自己的手，似是怕自己有危險。除此外並沒有別的身體接觸，他明明是可以乘機會為所欲為的呀，為什麼就輕易的送自己回家呢？難道他不怕自己到時不出現？她一片茫然。

星期二，香盈準時到達上次下車的地點，看見彼得的車已經停在那裏，她繞到了車後方行近，不讓他見到，然

後拉開了車門。他正在聽歌，見她上車，微笑着問：「喜歡？」

「這是關淑怡的《地老天荒》，你真的相信人世間真有地老天荒這回事？」

「唔……人總是要抱有希望啊！」

車朝着九龍塘的方向駛去，香盈知道這區域有多間高級純粹租房的別墅，心情有些緊張。她其實早已豁了出去，為什麼還會有這種的不安？

車輛卻越過了別墅區，在往沙田斜坡道右轉入了橫街，在浸會醫院的停車場泊好了車。行出到了街上，她心中疑惑，心想反正我的工作是陪伴你，到哪裏都可以。

走了不遠，卻見到一間叫畔溪的酒家，彼得說：「先食飯吧，有些餓了！是川菜，這附近似乎沒有廣東菜館，也不知你慣不慣。」說着推門進去。

香盈說：「我可以，無問題！」心裏想，這裏也算是九龍塘的範圍，飯後去開房也方便，確實是個好地點，反正這事總要發生的，處之泰然便是了。

彼得看來確實有些餓了，很快便吃完了晚膳，香盈只好快一些跟上，內心尋思，男人果然都是急色的，錯不了。

不過當車輛再向着沙田駛去的時候，她知道是自己料錯了，他究竟會去哪裏？這個人有些奇怪。

穿過沙田，經過大埔、粉嶺，車繼續向前奔馳。期間錄音帶播出不同歌手唱的歌，有時當音樂一開始的時候，他就向她詢問歌名與歌者，而她大部分都很快猜出。

　　不知不覺就到達元朗了，彼得想起很久沒有來過這裏了，駛進了市區，就把車停在了橫街，並肩走到了大馬路，路上行人不多，正好優閒的散步，這時一輛輕鐵車叮叮叮的越過二人，準備埋站。

　　他突然童心大起，捉着香盈的手朝着前面的車站奔跑，剛剛好上了車，輕鐵車便開出了。

　　給拉着跑的時候，香盈完全沒有心理準備，直至給推上了車，他最後一個上車後，衝着她笑，才反應過來，她有些惱火，握着扶手，說：「準備去哪裏？」

　　彼得說：「我也不知這車開往那裏，只是從來未乘搭過輕鐵，忽然間想和你一起試試，來不及詢問你，不好意思。」

　　香盈橫了他一眼，也笑了。車廂內還有空坐位，只是不相連，二人就站着談話。彼得把腿稍稍移開，放開扶手，車輛搖晃時雙腿自然微曲，上身亦自動微調。他心中暗暗慶幸多年前練習聽感覺平衡的推手功夫還沒有完全遠去。香盈卻道：「不要這樣，危險！」彼得不想顯露，遂重新握着扶手。

當他們重新回到元朗市中心大馬路的時候，已經是一小時後的事了。鄉郊市鎮，店舖早關門，街上冷清清的。找到了車，他問：「食糖水？」

香盈曾聽朋友說過食糖水有另一意思是到九龍塘開房，但今晚已經料錯了二次，她猜不準他的心思，保險起見，說：「太晚啦，都關門了吧？」

彼得說：「試試看，你負責望左邊，我留意右邊。」

房車用慢速度在元朗市內來回行駛，在一條較僻靜的街道找到了一處燈光明亮的地方，駛近看真是一家甜品店，桌子從細小的店內擺設到行人路上，看來是專做夜市的。他們在外圍的一桌坐下，點了花生湯圓和芝麻糊。

彼得把一粒湯圓放到香盈的碗內，不料她用羹匙盛着芝麻糊遞到他嘴唇邊回敬，他從來沒有遇過此等事情，只好腆着臉張開口吞下。看着他的窘相，香盈忍不住笑了，心中暗暗得意，拿紙巾輕輕抹去殘留在他嘴邊的芝麻糊。

他連忙說：「夠啦！你不用再給我啦！」

香盈笑嘻嘻的說：「你老婆沒有這樣餵過你？」

「沒有！」彼得突然想起老婆真的從來沒有做過這樣的事，就算是類似的好像也沒有。

「你可以給我看看你老婆的相片嗎？」香盈說。

「哦，可以！」彼得從裇衫的口袋掏出特製的摺疊皮夾

子，取出了全家福相片，遞給了她，心想，她隨一個陌生的男子四處去，想知道多一些他的背景，也是自然的。

香盈傾側了身，湊着光，端詳了一下相片，笑說：「男人就是這樣？有一個賢淑的妻子，就嫌風情不夠！這些賣弄風情的事，就由我這個情人做吧！」笑着把相片交回給他。

「不要胡鬧啦！」彼得想起一事：「星期五那夜晚我們在山頂老襯亭時，我看你的神情像是很難過，不要緊吧？」

香盈收斂起笑容，半晌，緩緩的說：「我也不打算瞞你，我前一次在這相同的位置看夜景，那時兩岸燈光通明。面對醉人的夜景，男朋友向我求婚，告訴我將會買樓與我結婚。我應允了，那時的我，憧憬着將來的世界會是多麼的美好！那晚之後不久，我就搬出來與他同居，想不到過了幾個月後，臨近婚期，我才知道他賭錢輸了許多錢，火鍋店的股份賣掉也不夠還，還欠人周身債，還騙我說要找數給供應商，他的定期存款還未到期，連我同媽媽僅有的積蓄，也給拿去輸掉了！儲錢買樓，結婚通通都要告吹。」

彼得惻然。過了一會，說：「難道之前一點迹象也沒有？」

香盈輕輕的搖頭：「他那時通常三更半夜才放工，天未

光就要去街市搶購肥牛肉，回來之後再睡到黃昏才上班，我先回火鍋店打點。唉……鬼迷心竅，我見他工作勤力上進，以為終生有靠，誰知他會這樣！」

她沉着面，說：「最可笑的是他提出，他那輛賣不出的二手舊寶馬我可以拿去，欠我的錢就殺了他也沒有！還說這輛車是因為我喜歡才買的，我那時的確考取駕駛執照不久，喜歡駕駛這寶馬風馳電掣。他買這輛車是追求我的手段之一，但我已身無分文，要這車何用？其實最重要的是我阿媽的積蓄，雖然不算多，但這是救命錢啊！」

彼得吁出一口氣，說：「後來怎樣了？」

「我拾起路邊的花盆，向車頭擋風玻璃砸去，頭也不回就離開了。」香盈微微冷笑，緊閉着嘴唇，見他注視着自己，繼續說：「那夜晚我與你在山頂的老襯亭，憶起當時的情景，再想想以後的路，忍不住傷心難過。」

他想像到當時她的絕望，卻料不到這個嬌柔的少女會這麼剛烈，一時間也不知道如何安慰她。過了一會，說：「你不是說以前是在紅磡首飾廠做事的嗎？」

「我有時晚上在那火鍋店兼職，認識了老闆的他。我應允求婚後不久，就辭了原來的工作，全職協助他。」

「我看過你的身分證，你那麼年輕，才二十歲，為什麼急着要結婚？」

「唉，我是渴望有自己的家！」香盈苦澀的說：「現在住的細小的單位，兩房一廳，其中一間房還要分租出去，我和阿媽及阿妹睡在房間，阿哥和阿弟就做廳長。近年阿哥有時帶女朋友返來，就把所有人都趕出房，過一小時才出來，做什麼事大家都心知肚明。」

「你阿媽就由得他？」

「我們潮州人重男輕女！」香盈一臉的苦惱。

「你爸爸呢？」

「他想賣掉房子，阿媽不肯，一氣之下，年前就搬了出去住，不過沒有離婚。」

「你有沒有想過其實你們沒有結成婚是對你好事，試想想如果真的結了婚，這樣的一個人，你將來也不會幸福的！」他找到了安慰她的話。

「嗯，我也這麼想。」

「你這樣年輕，將來一定會遇到一個更適合你的男生。實不相瞞，那天我想看你的身分證，主要原因是怕萬一你是未成年少女。」

「我看起來是那樣年輕嗎？」她臉上綻出笑容。

「也不至於，只是要預防萬一。」

「你直接問我不是可以了嗎！」

「親自看清楚比較安心！」

「嗯，也是！」

「我開車送你回去吧。我們在車上繼續傾談。」

回到了市區，香盈要下車時，彼得打開司機位旁邊的小櫃，拿出了紙筆，寫下了電話號碼交給她，說：「星期五中午時間你打電話給我，看我幾點鐘能再在這裏接你好嗎？」

「好的，我上去了，你回去早點休息吧。」

「嗯，你也是，早些睡。」

18. 彩霞映照炊煙裊

　　星期五，靠近黃昏，在車內聽着歌的彼得望着右前方，香盈很快便進入了視線，穿着的淺藍牛仔褲膝蓋部位有磨破洞，白色的小背心外披上了蔚藍色休閒袖衫。她快步走過馬路另一邊的行人道，打開車門，見彼得凝望着她，有些不好意思，不施脂粉的臉稍紅了，上了車，微嗔道：「不認識我？」

　　彼得只是笑笑，沒有答話，待她扣上安全帶，駕車快速奔馳，穿過東區海底隧道，然後是香港仔隧道，直達香港仔避風塘。

　　從停車場出來不遠，一艘可坐十數人的小船靠在岸邊，馬達聲噗噗噗的響着，一個漁民模樣的老漢探出頭來，向他們招手喊：「喂，要用船嗎？包船很便宜的。」

　　雙方談妥了價錢，彼得先上船，香盈握着他伸出的手也上了船。小船緩緩的開出，兩人站立在船頭上，夕陽斜抹，滿天的彩霞映照在避風塘，兩邊的漁船炊煙裊裊升起，有些水上人家坐在矮凳子，圍在小矮桌開始吃飯。小船在水道穿梭，船身輕輕晃蕩，香盈抓緊彼得的手臂，感覺身心舒暢。

過了一會，天色逐漸昏黑，黝黝的海水在遠處珍寶、太白海鮮舫的燈光映照下像播了一張碩大無朋的，發光的網，而所有的人和物，都在網中。小船朝着這張開的網，稍微加速，繞過了燈火輝煌的珍寶、太白海鮮舫。

　　船夫在近船尾的駕駛艙叫喊：「快要轉急彎啦，小心！入內坐吧！」

　　二人從沉醉中醒覺，攜手返入船艙中坐下，香盈輕聲的問：「你常來這裏？」

　　彼得一怔，半晌，緩緩的說：「太白，珍寶海鮮舫都來過多次，不過這樣租船還是第一次，喜歡嗎？」

　　香盈點點頭，沒作聲，這時船身有些傾側，她牢牢的摟着他的手臂。

　　小船不徐不疾的駛近鴨脷洲，過了一會，又繞了回來，靠近在一艘大躉船，他們沿着垂下的木梯上了船。

　　原來這躉船是經營海鮮的食肆，因為沒有牌照，所以只做熟客生意。彼得有朋友是常客，早已經打點了菜單，很快上桌。

　　菜餚很簡單：清蒸青衣，蒜蓉帶子，乾燒大蝦，薑汁芥蘭，濕炒河粉。

　　除了青衣外，每樣的份量不多，卻各具特色，別有風味。

船上燈光不算明亮，桌子上頭的鐵架上吊着的電燈泡晃蕩着，對方的臉有時模糊。

香盈的心也像燈泡一樣蕩漾着。她心裏想，面前的這個男人，究竟是個怎樣的人？飯後，他將會帶我到何處？

吃過了晚飯，自有船送客人上岸。彼得將香盈送回接她的地方，說：「星期二我們先在市區食晚飯，然後看場電影好嗎？你到時打電話給我約時間、地點。」

香盈點點頭，彼得駕車離開了。

就這樣，他們每隔約三或四天就見一次面。或是看場電影，或是駕駛着車往遠處跑。

這晚夜深了，在一條不知通往何處，單線雙行車的小路上，瀰漫着清新的青草味，聽聞的是蟲類唧唧的鳴叫聲。

沒有路燈，只有柔和的月光灑在他倆的身上。香盈給牽着走在路中央，彼得左手握着她的手，右手提着一把用作自衛防身的雨傘。

香盈有些疑惑，問：「你以前有這樣行走過嗎？」

「沒有，從來沒有，趁着月色，只是想和你這樣無拘無束的散步。」彼得停下腳步，輕聲的問：「要回去嗎？」

「不！我們繼續前行。」香盈從來未試過深夜裏在沒有燈火的郊道行走，雖然有些心虛，卻感到一種莫名的刺激，同時心中泛起了一些的漣漪，他竟為她做了以前從沒

有做過的事，這也是自從在山頂濃霧時再次主動握着自己的手。

在彼得的心中卻是另一種想法；如果是自己的妻子或是哉詩，此時此刻會與她們在如此僻靜的路行走？難道不怕有預料不到的突發事件？他突然感到愧疚，緊緊握着了她的手。

踏着靜謐的月色，也不知走了多久，聽到了咯咯的蛙叫聲，借助月亮的光，他們看到了一個印上城門水塘的牌。

他們走到了石壩墩上坐下，腳懸空蕩着，此刻萬籟無聲，四周靜悄悄的。

「你是特意來這裏的？」她輕倚着他。

「不是，我們的車偶然經過這橫路上，看見明月當空，當時只想和你下車散散步，沒想過竟然來到了這水塘。」

「全靠月亮一直跟着我們走，它好像很眷顧我們，我從來沒有見過那麼明亮的月光。」說話間，香盈想到了自己在月光中的臉，對於自己的美，她從來都是很有信心的。不過直至現在，她還看不透這男子到底在想些什麼？難道他對自己無動於衷？不可能罷？一星期前，他給了自己第二次錢，完全沒有表露過要終止來往的意思，不過為什麼至今還沒有要和自己親熱的意思？

夜間的涼風徐徐吹過，因為行走而微微出的汗已經乾

了，感到很清爽。香盈感覺恍恍惚惚，似乎在不真實的夢境中。她吸了一口氣，說：「我剛在學一首叫《晚風》的歌，唱給你聽？」扶着他的手臂下了石墩，站在壩上，她清唱了起來：

　　　　　「晚風中　有你我的夢
　　　　風中借來一點時間緊緊擁
　　　　擁一個夢　像一陣風　像一陣風
　　　　　悠悠愛在風中輕輕送
　　　　我心的愛　是否你心的夢
　　　　可否借一條橋讓我們相通
　　　在這借來的橋中　明天的我　明天的你
　　　　　會不會再像那天相擁
　　　　今晚的風　和明天的夢
　　　　到底在你心裏有多少影蹤
　　　可否這個晚上　借來時間　借來晚風
　　　　　　把我的愛送到你心中」

　　歌罷，她有些羞澀，自嘲說：「自問完全沒有像葉蒨文般的嗓音和技巧，沒有當歌手的條件。」
　　彼得回味歌詞，心裏不禁想，究竟這當中有多少是真，有多少是假？但見她滿眼都是笑意。只聽得她說：「你

車上播的很多是鄧麗君的歌，我也喜歡她的歌，不過實在唱不出她的韻味。」

彼得若有所憾的說：「太多人想學鄧麗君，但到頭來都會發覺是不可能的。」

「王靖雯你覺得如何？她一曲容易受傷的女人，真是打動了我的心！」香盈低着頭說。

「嗯，我也很喜歡這首歌，感同身受，其實男人何嘗不會受傷！」他不想憶起往事，換過話題，說：「你以前讀書的成績好嗎？」

香盈黯然道：「那時家景困難，父母出外做事，我放學後要做家務和照顧阿妹、阿弟，好多時都交不齊功課，成績怎會好？不過說到底，還得怪自己不太喜歡讀書，我喜歡煮食，花了不少時間在廚房。我出來做事之後，才了解讀書的重要性！」

「這就是俗語所講的，書到用時方恨少！如果你暫時找不到合適的工作，不妨試試上補習班，和多看些書。」

香盈說：「我很羨慕會講英文的人，前幾晚在赤柱村內閒逛時我想找廁所，迎面來了一男一女外國人拖着狗要出村，你迎上去，輕鬆的交談了幾句後，說前面不遠就有公廁了。我真的羨慕！想先補習英文。」

「我的英文主要是自學，其實不算好，你只要肯努力，

有朝一日便會超越我。」

「只要能簡單的講幾句，可以在中環或尖沙嘴任職售貨員，我就心足了！」

「那應該不困難，一邊做，一邊尋求進步！」過了一會，彼得說：「過兩日我會去印度孟買一趟，暫時不能見面了。」

「印度孟買？」

「我的本行是進口碎鑽石，然後賣給廠商鑲作首飾出口。」

香盈瞟了彼得一眼，說：「怪不得那日你問我工作流程，你告訴我是做貿易生意的，原來沒有講真話！」

彼得笑着辯解：「我沒有騙你，難道這不算是貿易生意嗎？」

過了片刻，她說：「如果我不是在首飾廠的工作，你會想我做你的合約情人嗎？」

「我不知道，可能不會，我當時覺得你就像鄰家的女孩，似是個清純的少女，不應出現在那種地方。」

「我像是那樣清純？」香盈輕輕的笑了，說：「你現在可有改變看法？」

彼得微微笑，盯着她說：「你想我如何看你？」

香盈一時說不出話來，半晌才說：「我只是想知道你怎

樣看我！」

「你的名叫香盈，真的很香嗎？」彼得不想回答這問題，只好顧左右而言他。

「名而已，不要想太多！」她捉摸不透彼得的心意。只好問道：「那我幾時打電話給你？」

「半個月後好嗎。」

兩人喁喁細語，夜深的水塘，清風朗月，卻空無人影。

隱約看到的水波是那麼的平靜，魚兒都睡了。

遠處朦朧的樹林裏，鳥兒也都睡了，整個世界彷彿只有兩個人還未有睡意。

19. 酒不醉人人自醉

　　這半個月的時間，香盈沒有閒着，她在家的附近租了一間房，雖然不算大，總算是有了自己的獨立空間。

　　她同彼得在山頂見面後，翌日就還清了高利貸，借高利貸是因為輕信了未婚夫，害阿媽欠了銀行的房貸，害怕銀行收回房子拍賣而整日發愁。剩下的就還給阿媽交這一期的房貸，心裏輕鬆了許多。第二次收到錢後，她還了部分向阿媽借的錢，及部分同朋友借來的款項。餘下的就用來租房和另外的開支，還有，她告訴阿媽下個月就可以清還所有欠款，她還答應每個月給阿媽一定的數目，使阿媽不用再在星期六、日兼職，也可以償還銀行的供樓貸款。

　　她這時的心態，與初見彼得時不同，那時想着三個月後，財務輕鬆了就會離開，現在竟然有些不想離去的感覺。

　　所有的事做好後，她靜待彼得的歸來。

　　「喂，想見你，什麼時候？」電話裏傳來了香盈嬌嗲的聲音。

　　「哦，是你，我不知道什麼時候才可以做完手上的工作。你接近八點鐘時來到尖沙嘴再打電話給我好嗎，我現在正忙着。」

在厚福街一家叫正仁利的潮州小菜館，彼得點了一塊凍馬友，肉碎蝦煮水瓜，春菜。

香盈見他所點的是純正潮州菜，說：「你也是潮州人？」

「不是，不過我很喜歡這樣的潮州菜，簡單快捷，清淡鮮味，和着潮州粥一齊食，風味絕佳。」

她遞上一張紙。彼得一看就笑了，取笑說：「人靚字醜，美中不足！」

「真有那麼醜？不准笑！這是我新安裝的電話號碼，只有你一個人知道，你任何時候都可以找到我。」

「半夜三更睡不着也可以找你？」

「可以，前提是你那時想着我！」香盈抿着嘴，漆黑的眼眸裏閃着光。

彼得敗陣下來，幸好魚飯和粥到來，兩人都餓了，吃了再說。

「從今以後，星期六、日你都要約會我，我會等着你！」

「哦……？」

「阿媽現在不會在星期六、日兼職。阿弟有人看管，不怕他出外四處遊蕩，被人踢入黑社會都不知道。」她當下把已經搬出來住及每月給錢阿媽的事對彼得說了。

飯後，他們行出了彌敦道，對面就是九龍公園，行過了大路，路過清真寺，彼得想起與還未結婚的她晚飯後常常經過，不過卻從未進入，因她每當經過門口便快步行過，所以二人從未有過花前月下綺旎風光，直到如今他內心深處也會感到遺憾。

　　彼得不自覺的行入了公園，今夜月色朦朧，路燈下，花叢前共坐的卻是個相識不足兩個月的女生。

　　他注視着身穿牛仔褲，粉紅色的優閒服袖衫，摺高了衣袖，露出了白皙手臂的香盈，說：「不見一段時間，你好像是長大了！」

　　香盈感到彼得的視線似是落在自己的胸部，卻說：「我以後不再穿有窿洞的牛仔褲啦，那顯得太年輕，而且與你的衣著並不相襯。」

　　「嗯，你現在這樣穿更好看！」

　　香盈笑了，問道：「可有想我？」

　　他沒有直接回答：「這些日子除了睡覺，就是工作，完全沒有空閒時間想別的事情。」

　　「嗯，是嗎？」她說。這時連續有人走過，她收斂起笑容，拖着他站起來，說：「這裏一直有人經過，我們再找清靜的地方去。」

　　行了一會，僻靜處都有戀人在，有的甚至相擁在一起。

只見一處叢木深處沒有人在，走了進去，卻看不見有座椅。香盈把背貼在彼得的胸前，牽着他雙手環抱着自己。此時一對情侶嘻笑着走進來張望，見內裏有人，轉身離開了。兩人不想給別人看得清楚，同時不自覺的往內裏移前，走了兩步，料不到前面地勢低窪，香盈的站立點突然低了一級，身體一晃滑前，彼得順勢把肘彎抬高，原意是幫她平衡身體，不料正抵在她胸脯中端。香盈站定，轉過頭來嬌羞的說：「你還沒有回答，可有想我？」

　　彼得正在銷魂間，說：「那你又如何？有想我？」

　　香盈笑着，認真的說：「如果我沒有，就不會問你。」

　　他低頭瞧着她俏臉，深邃的眼眸裏帶着期盼，彷彿如果得不到回答就不會罷休。頓了片刻，他說：「我們今晚就在酒店睡？」

　　「嗯。」

　　出了公園，彼得在海防道截到了的士，吩咐司機往大埔道的華爾登酒店。車廂中香盈緊靠着他，不明白為何要去那麼遠的地方？

　　進入了房間後，香盈問：「你以前來過這酒店？」

　　彼得拉開了窗簾，說：「不，我以前駕車常經過這一間小酒店，覺得很有味道，現在就和你來試試。」

　　酒店位於高地，窗外遠處是一覽無遺的深水埗景色，

燈光雖遠遠不及維港兩岸，卻給人寧靜的感覺。他關了天花的燈，摟抱着香盈的纖腰，一起看着遠景，雙手卻開始伸入她衣內，想解開她上圍的鈕扣，一時間卻不成功。她竄入了被窩，自行脫清了衣衫，放在牀頭櫃上。彼得亦匆忙地解除了衣服的束縛，掀起被，急不及待的上了牀。

本來放晴的天空，香盈感覺到雷電交逼，瀝瀝的淋下大雨，喚醒了沉睡的身軀，全身濕透，暢快淋漓。

她枕着他的手臂，凝視着他的臉，想透過他的眼睛，進入他的內心的世界。

他說：「我原來的打算是找個適合的日子，先來一個溫馨的晚餐，飲些酒，然後才做這事。」

香盈嬌嗔的說：「下次要補償，否則我不依！」話剛說完，就再被人從上覆蓋着。陣陣的小雨，灑在她的臉龐上，她就像是躺在木筏之上，飄浮在大海之中，彩雲遮蔽了太陽，一時細雨纏綿，一時浪潮湧蓋，她緊緊的抱着對方，直至雲霧散去，雨過天晴。

早上，兩人在酒店餐廳吃早餐，山下深水埗的景色清晰的出現在眼前。那裏是三教九流，黃賭毒流通之地，然而也是一般庶民百姓安居樂業之所，少見高樓大廈，與中環是兩個截然不同的世界，不會見到達官貴人的蹤影，就是一些自認為高尚的人，也是不屑來的。

兩人轉過頭來，餐廳內光線柔和，香盈把牛油抹在多士上，想着昨晚的事情。她想過多次，這一天總是會來的，不過完全沒料到這天的來臨會是這樣，她嘴角含笑，說：「你明明好早就可以得到我，我怎會反對？為何要等那麼多的時間？」

　　彼得沒有說出心裏還裝着哉詩，一時間難以容納別人。只是說出另外還存在的原因：「我們當初的協定是彼此的關係就好像是情人一般，享受在一起的時間，既然是這樣，就算你有絲毫不情願的感覺，都非我所願。」

　　香盈聽了，觸動了內心情緒，好一會兒說不出話來。

　　接着的星期六中午，彼得完成了手頭上要做的事，滿意的伸了個懶腰，這幾天，貨陸續的從孟買過來，忙透了。

　　彼得行到了香格里拉酒店，他約了香盈在大堂會面。看不見她，便先去辦理好入住手續。回到大堂，卻仍見不到香盈的蹤影，正在納悶，回過頭來，卻驀然看見一個一身純白色衣裙的少女，站立在大堂側面近扶手電梯處，巧笑倩兮地對着他，美目盼兮的瞧着他，正是香盈。

　　這時的香盈，畫深了眉毛的顏色，抹上了紅唇膏，烏黑油亮的長髮，往後面攏起，編束成馬尾，指甲塗上了粉紅色，笑吟吟的，明艷照人。

　　原來香盈早已到來，坐在大堂正中，看見彼得進來，

特地別過身，看他能否找到。而彼得沒料到她的打扮與平時不同，又看不到正面，錯過了。她悄悄的跟在彼得的身後，看他何時找到自己。此時對視，彼此心中都禁不住一陣喜悅。

他們本來打算在大堂咖啡廳午膳，但見人太多要等位，就先上房，改為客房服務。

上到房間，彼得打電話到客務部點了一份公司三文治，一份炸魚柳，一客咖啡，一客奶茶。

回轉頭來，看見香盈笑盈盈的張開雙臂，轉了一圈，束縛着黑髮的白絲帶，與烏黑的秀髮一齊揚了起來，說：「你看我今天的妝扮如何？」

彼得笑說：「看不清楚，再轉多幾圈？」

香盈明知彼得有意捉弄，瞟了他一眼，還是依他的意思再輕快的轉了兩圈，說：「你想我暈倒在地？快說！」

「今天化了淡妝，襯上這身衣衫，眼前一亮！」

「你喜歡？」

「你平時不化妝，樣子清秀，現在化了妝，較為成熟，我都喜歡！」彼得頓了一下，笑咪咪的說：「今日悉心打扮，是想引誘我？」

香盈嬌笑着，嗲糯的還擊：「引誘你何需打扮！第一次見面，可有打扮？不是已經吸引了你嗎？」

「那你今日為何盛裝出現？」

「你沒聽過有句話叫女為悅己者容？」

「嗯，現在說話居然文謅謅，厲害！」

「還不是受你影響？最初剛見面時，我覺得你為人有些高傲，我其實不太喜歡。」香盈笑着說：「幸好交往一、兩次之後，感覺你這個人還可以。」

「是嗎？」

這時門鈴響起，午餐送來了，他們在靠窗的小桌旁坐下悠閒的進餐。

窗外遠處的香港島，山脈連綿，山下的維多利亞海港，像往常般，各式各樣的船舶各自忙着朝不同的方向航行。

食過午餐，彼得說：「這幾天忙得很，長時間看貨，眼睛非常疲乏，我想先睡一會，免得晚餐時打瞌睡，你可以出外逛逛，黃昏時再回來，如果我還在睡，你就叫醒我。」

「你睡吧，我自會打發時間！」說話間，她開着了桌子旁的燈，跟着拉上了窗簾。

當彼得醒來時，從側面看見香盈正在桌上寫東西，他笑說：「是寫情信給我嗎？」

「暫時不行，我的英文還未到這個水準！」

彼得起床走近一看，原來香盈正在抄寫英文生字，他

伸手撫摸她的秀髮，手從頭頂慢慢滑落到腰間。

漸漸地，窗內的人忙碌起來。

香盈終於起牀沐浴，她用電風筒吹幹了頭髮，垂低頭雙手把兩鬢的頭髮撥到背後，梳理後用有彈性的紮髮圈紮實。中間的頭髮梳理完往後攏起，用一把細小梳子隔着較近頂心的頭髮，再用紮髮圈將兩處頭髮合攏，稍為往上定了位，繫上了白絲帶，形成了秀髮從頂而下三綹合而為一的長馬尾。

香盈從鏡中見到剛沐浴完經過的彼得呆呆地望着自己，笑着轉身對穿着浴袍的他嗔道：「你說先來一個溫馨的晚餐，飲些酒，然後才做事，多有情調。現在你把次序調亂，會不會後悔？」說完抿着嘴兒笑。

「這都是你的錯，如果不是你引誘我，怎會這樣？」彼得調笑着說。

「我那有？你這樣說……唉。」她站起來，無奈的朝着他胸膛槌了一下，說：「就當你是讚我有吸引力！」

香盈很快便妝扮完畢，兩人到了酒店地下層的灘萬日本料理。

與大堂不同，壽司吧冷清清的，二位廚師正在忙碌的為大堂或貴賓房客人準備食物。

師父跟他們解釋了壽司吧上，玻璃櫃內各種類魚生

的特性，建議從清淡的魚類開始，然後是鮮味的響螺，最後才來較濃味的北海道海膽和帶子。他們輕酌着熱清酒，品嘗不同的壽司和魚生，遵循師父的建議，先從清香的品種開始，再吃些伴碟的蘿蔔絲或紫蘇葉或其他香料，清了口腔再吃別的魚生。香盈從來沒有用這樣的方式來吃日本菜，除了感覺煥然一新外，還領悟到日本壽司的文化。

師父見他們吃得開心，說：「很多香港人食日本魚生，不食伴碟的香料，其實這些香料從日本過來，都很貴的，浪費了可惜。」

兩人談談笑笑，清酒熱了一瓶又一瓶，彼得問：「這個溫馨晚餐，你可滿意？」

「嗯，不過有人講過之後還會有餘慶節目。」香盈眼波流轉，眼角眉梢中，全是笑意，瞟着他。此時的她，美艷得不可方物，望着她的媚態，彼得似乎醉了，笑着答：「哦，記得！食完茶漬飯我們去看夜景！」

回到房間，拉開窗簾，關了燈。眼前就是一幅美麗的夜景圖畫，維多利亞海港籠罩在璀璨的燈光中，彩色的霓虹光倒影漂浮到水面上，呈現出非凡的魅力。

兩人靠着肩，彼此挽着腰，享受着靜的時刻。香盈的清新香味傳了過來，過了一會，他撥開了她從頭頂垂下的長髮，輕吻她的頸項，手慢慢的向下移，他的手伸進了她穿

着的浴袍內，她的浴袍被卸了下來。香盈感到自己是站在高速行駛的快艇上，小艇在搖晃，身體在蕩漾，迎面而來的強風，不停的拍打着她，沒法躲避，呼吸不由得漸變急促。

早上香盈醒來的時候，他的手臂還在環抱着她的頸項，她初時怕起床時會弄醒他，繼續假寢，後來見他還在熟睡，就想起來沐浴，香盈雖然小心，彼得還是醒了，拉着她再次擁入懷抱。

兩人起床時，已快到中午了，匆匆的梳洗了之後，結了帳。上到了酒店高層的海景餐廳午膳，隨便點了兩份餐，反正在這裏，食物不是重要選項。

昨晚燈光璀璨，而今陽光燦爛。

「你看那邊的外國男女眉來眼去的說話，是英文？」香盈輕聲的說，心情明顯很好。她笑得嫵媚，就像窗外的陽光。

「什麼眉來眼去的說話？你不如說眉目傳情好了。」彼得覺得有些好笑。

「你同別的女人不准眉來眼去，眉目傳情的事更要留待與我來做。」香盈聲音嗲嗲的，目光柔柔的對着他。

20. 盛夏的小黃花

　　自此之後，只要彼得有空，他們就會在一起，通常在星期日，香盈不會知道車輛會駛去哪裏，彼得只是隨意的往前行駛，他似乎很享受這種沒有預設目的地的駕駛，這樣會使他放鬆。車輛會去到香港和新界的天涯海角，在哪裏流連。

　　這個夜晚，在以前淺水灣酒店的香辣軒吃過晚餐後，房車駛到了一條幽靜的道路盡頭，高昂的蟬鳴聲中，影樹上散開的小葉子之間，火紅的小花朵妖冶地在路燈光中隨風搖曳。

　　香盈隨着彼得把鞋襪留在車內，光着腳沿着小徑走向沙灘。濃郁的香氣從旁邊的小野花叢中散發出來，這種小黃花只會在盛夏時段盛開，夏季結束，就會枯萎，看似沒有了生命一般。

　　夜晚的南灣，份外清靜，這一帶的海灣，這些日子他們都去逐一去過了，這裏和淺水灣的熱鬧完全兩個樣，沙灘小而人迹更稀少。

　　仲夏的夜晚，天氣沒有白天般炎熱，香盈穿着青色的吊帶闊褲，長度剛到膝蓋，赤着腳在沙灘漫步，還是很舒

服的。一陣薰風吹過，岸邊黃色小野花的香氣隨風隱隱的飄過來。

彼得把褲腳摺高，牽着香盈的手，徐徐的來回散步，海浪聲輕輕的，浪花不時湧到沙灘。他倆步向大海，踏着浪花，望向黝暗的海天。

自從城門水塘的夜晚後，香盈的內心起了微妙的變化，由初時只是履行合約的心態逐漸變得希望這是真實的關係。她初遇彼得時忐忑不安，只不過想着自己可以隨時離去，那所謂的合約也就終結了。

但這段日子卻讓她感受到一種全未有過的新體驗，最初明明說是一項交易，出乎意料之外竟逐漸有了愛與被愛的感覺，她希望可以進展成為正常的情侶。

她心裏想：這男人是愛我的吧！要不然為什麼他對我會花那麼多的心思？也許會有一天，他會向我表白心迹？

正在胡思亂想之際，只聽得彼得說：「盈，慢慢的尋找一個合適你的男朋友吧！你跟着我，不會有將來的。找到之後，我就會離開。」

香盈正在沉醉在自己編織的夢中。聽到彼得這樣說，就像從夢幻中驚醒，輕輕掙脫開了被握着的手，雙手搖着他的手臂，將他的身體扳轉，面向着自己說：「我們正在開開心心的，為什麼非要說些令人難受的話，為什麼不能說些讓我高興的話？」

彼得有點惆悵，說：「總有一日我們會分手的，看到你的新男友是可託付終生的人，我就可以放心離去。」

香盈睇了他一眼，氣惱的說：「那有像你這樣的男人，要自己的女人尋找男朋友！不要再多說，你直接介紹給我好了！」

彼得接不上話，見她生氣了，沉默了一会，他順着話題說：「如果要說，這種事，還真有個實例，是我們的行家，也是你們潮州人，央求同鄉好兄弟引誘自己的老婆，答應事成後送一輛新奔馳，聽說他老婆樣貌還算不錯。」

「真有這樣的人？」她對這類八卦事情還真有興趣。

「他原先在一間算是有規模的鑽石公司做經理，要去比利時和以色列大手買貨，裏面貨品，需要根據不同的等級，分別評定不同價錢，然後在香港賣出。他的策略是每次貨品回到香港後，把七成的貨訂得較便宜，二成稍貴，一成很貴。所以每次來的新貨總有約七成很快便賣出，生意很理想。老闆因為要發展地產炒賣生意，很少過問這方面的事，看見生意好，就由得他再去買貨。慢慢的積累了大量的賣不出的死貨，直到炒賣地產的資金出現問題，要把所有鑽石存貨吐現時才發覺問題的嚴重。他就在公司最困難的時候突然辭職，另起爐灶。結果是公司破產後，他接收了前公司的人脈和客人，富貴起來。」

「有了錢，便想拋妻棄子？」

「不，他要留下剛滿周歲的兒子，只想拋棄糟糠之妻，留下通姦證據趕走老婆又不想付贍養費。」

「後來怎樣？」香盈感到人心狡詐，心揪起來。

「他同鄉好友也是做這一行的，卻是真漢子，氣得馬上與這人渣割蓆絕交，說這實在超越了道德底線。」

回家後，香盈幽幽的想着彼得所說的故事，只是隨口說起，還是有別的意思？

過了幾日，彼得應莫平之約午餐，莫平一見他就笑嘻嬉的說：「我昨晚看見你在中環皇后大道中與石板街交界處現身，身邊有一位漂亮的少女同行。想着要不要過來打招呼時，你們便消失了。」

「哦，我們昨晚在陸羽茶室同另外兩對朋友敘會。」彼得說，他接着把與香盈相識的經過告知了莫平。

莫平甚是意外，想不到自己竟然和這事也扯上些關係：「當時我匆匆的離去，沒留意到她是那麼漂亮的女孩子，昨晚真有驚艷的感覺。」過了半晌，說：「你帶她和朋友的女眷會面？」

「雖然是女眷，但他們帶來的都是女朋友，不是老婆。」彼得笑笑，說：「不過正為這事有些煩惱，現在同她相處的時候，隱約覺得她跟最初時不一樣，好像是動了些真感情。」

「你覺得她像是付出了真感情？」莫平的語氣有些不以

為然。

「嗯，不過想想又覺得可能是我感覺錯了罷？因為從開始時便講得很清楚，雙方只是合約情人關係，純粹是一項交易，這點她應該是很清楚的。」

「就算她真是放了些真感情，那有什麼關係？這樣的遊戲才好玩啊！」莫平好像很羨慕：「何須煩惱！那一天要結束這場遊戲，還不是由你來決定？」

回到公司，彼得有些心緒不寧，打電話找老賀晚膳。就在尖東隨便找了家清靜的中菜館，喝着威士忌加冰，把與香盈交往的事原原本本的告訴他，說：「你我相識多年，我的情況你應該很了解。我以前從未感到過戀愛的甜蜜，但最近卻有這種感覺，真奇怪！」

「就我所見，你婚前比較抑制自己，你曾對我說不肯定雨荷是否愛自己。你們多次一起公幹旅行，住同一酒店房間。我那時負責你公司的報稅，所以很清楚。我當時同你說過應該找機會突破你們之間的關係，但你卻拘泥於對方是否真的愛你，自陷於迷惑之中。」說到這裏，老賀輕輕的搖搖頭。

「我記得你叫我趁着情到濃時的一刻，例如酒到半醉的時分。但我不想乘她有醉意時發生關係，她愈是有醉意，我就愈不想這樣做。我實在不想她不愛我卻為這事而嫁我，這可不同於逢場作戲，春夢了無痕。」彼得拿起酒杯，

喝了一口。

老賀亦陪喝了，嘆道：「情愛之所以令人着迷，在於朦朧與清晰之間，你卻太在乎真愛，其實是庸人自擾，這與你在別的事果斷決伐相去甚遠。」

彼得嘆了一口氣，說：「在早期一次旅行期間，兩人共處一室，那時雨荷已知道我在追求她。那晚我見她在寫日記，便先去沖涼，後從浴室出來，雨荷隨即進入。我看見書枱上放着她的日記本，千不該，萬不該，忍不住偷偷打開，看了一眼，一行字駭然進入了我的視線：『我永不會忘記倚在他胸前的感覺，刻骨銘心！』登時心都涼透了，這像夢魘一樣的話，像是對我的詛咒，這是上天對我偷看別人日記，給予最大的懲罰！自此之後，我希望雨荷有朝一日，也主動的倚在自己的胸前，不過事與願違，就算結婚後也從未試過。

「其實那時雨荷常常在我黃埔街家中過夜，別人早以為我們有親密的關係，我們看似是同居生活了兩年，後期很多時都睡在同一牀上。我對生理的壓抑愈來愈難受，我婉轉的告訴她，她竟叫我嫖妓解決。我難過極了，便想退出。說來奇怪，還未來得及提出來，她媽媽這時找我談話，說當我在印度做事的那段日子，阿荷回沙田屋邨家裏住，每晚飯後都逗留在騎樓望着天空，老太太的意思是肯定她思念遠在天邊的我。我半信半疑，再等多了一段時

間，心想她的心始終放不下前男友，強扭的瓜不甜。婉轉地向她透露要退出的時候，雨荷卻答允了我早前已提出過的求婚，當真令我疑惑。」

老賀乾了杯中的殘酒，重新添上，加了冰塊，說：「你的事業當時已經上了軌道，老太太當然希望女兒嫁你，雨荷自己卻可能不想是為了長期飯票而嫁人，不過她又清楚知道如果離開後，應該再也找不到像你這樣的傻瓜了。沒有一些催化因素，所以一直擱着。但感覺到再拖下去你就會離開，只能下決定了。」

彼得苦惱的說：「我滿心歡喜，準備三個月後結婚，在聖誕節這段較空閒的時間渡蜜月，農曆年派利是，母親就把好日子揀定了下來，老太太登時滿口答應，但當她看到回到家裏小住的女兒，月經到來要用衛生巾，知道女兒沒有懷孕的時候，就找我囉唆，喋喋不休的訴說前二天什麼多年朋友通知她，女兒三個月後結婚擺喜酒，她當時沒有跟人說自己的女兒也在三個月後結婚。為免別人笑她女兒快要結婚才知道，又或者誤會是奉子成婚，要求按計劃先註冊，但延遲舉辦婚禮。」

「老先生沒有立場？」

「他非常贊同女兒嫁我，但家中諸事，他哪裏作得了主？」彼得苦笑。

老賀停頓了片刻，回憶往事：「嗯，那時你請阿立和我

找尋酒樓辦酒席，後來又再延期三個月，你一昧的委曲求全，又怎會感到戀愛中的甜蜜？」

「我其實並不想擺酒席，我一直認為結婚是兩個人的事，何必勞師動眾，況且那時工作忙，能少一事就少一事。雨荷也明白，也同意。

但老太太不同意，拒絕接受我把擺酒席要用的錢交給她，隨她用作別的用途的方案。」

「她的想法與你不同，覺得擺酒席是風光的事，你理應尊重。」

「是啊，我同意。只是當時要應付聖誕節的訂單，太忙了。本想在近聖誕節期間結婚，然後渡蜜月及好好的休息一下，但後來要延期，事與願違。」

「你其實應該好好的解釋一下。」

「唉，她聽不下去，我又不想大家為這些小事不開心，只得算了。本來只須延遲個半月，但這之後沒有適合的好日子，只得勉強延到農曆正月二十。

唉，就這樣，我們按原來安排先註冊了，還有好幾個月才擺喜宴。

我本想在聖誕節假期時先去渡假幾日，當是蜜月。但雨荷說要等到擺喜酒當日才算是正式結婚，才可以有洞房花燭夜。我不想勉強，但心想這可不是愛的表現。我實在不想她不愛我而嫁我，想過要趁法律上尚未生效前取消婚

約。

　　但喜訊已經公開，細想這對她的傷害太大，雖然心內鬱結亦只好作罷。」說到這裏，彼得有些黯然。

　　「她未必不愛你，只是你一直都讓着她，習慣成自然，且視為理所當然，完全沒有站在你的位置思考。我是旁觀者，早就想提醒你。不過這種事，就像是周瑜打黃蓋，一個願打，一個願捱，旁人不好說話。」老賀解釋說。

　　「其實結婚後我就打算白頭到老，香盈只是過客，我只是有些奇怪為什麼以前沒有甜蜜的感覺，而今反而有。」彼得感到困惑，用請教的目光望着老賀。

　　老賀笑了笑，說：「現在你可沒有這方面的壓抑，香盈又溫柔體貼，這與你以前的苦戀完全不同，難怪你有甜蜜的感覺。」

　　彼得喝了小半杯，沒有答話。老賀猜到了他的心思，說：「我只見過香盈一次，那次我下班後準備去跳舞，偶然在街上碰到你們，你介紹給我認識，說不上幾句話。她無疑是個標緻的可人兒，不過太年輕了。發展下去，過一段時間她可能會覺得你沉悶，有代溝，就有可能會離開你。不過既來之，則安之。人生苦短，歲月漫長，生命中總要有點綴才精彩，你好好的享受這段時光吧，何必擔心！我只是有些不明白，早前我見哉詩甚為優雅，年紀相差沒有那麼多，對你亦頗有情意，似乎更加適合你。我看她對你

的神情，你同她看來只有一步之遙！為何不選她？」

彼得不敢說出那晚在西林寺附近村屋的事，連忙說：「哉詩溫婉可人，才情出眾，我們曾經一起越過高山，跨過低谷。但我就是不敢再邁多一步！試想想，如果這一步邁出了，後果會怎樣？不敢想像！我就是要努力把她從記憶中抹去！至於香盈，如果她要離開我，對雙方都是好事，我倒不用有這方面的考慮。」隔了片刻，他笑着說：「你和莉莉將來會怎樣？」

老賀微微一笑，氣定神閒地說：「她都不再年輕了，我們志趣相投，她不會離開我的，亦不會破壞我的家庭，我感覺輕鬆，沒煩惱。」神態竟有些得意，想了一想，他說：「我同莉莉關係的突破，在於一次酒會之後，大家都有醉意，在外過夜，我沒有放過機會。

既然一直以來，你和雨荷飲酒時，她常有醉意，甚至試過醉得厲害，會不會是她潛意識裏給你機會，而她自己都不知？」

彼得默然，他直到此刻，還是不太清楚她當時的心態。

21. 暗香流動

　　剛回到家，電話就響了，彼得拿起沙發旁的電話，是香盈的聲音，她甚少打電話到彼得的手提電話，因為按每分鐘收取費用，時間長了費用就太高了。只聽她興奮的說：「鄧麗君有幾首歌的作詞非常精彩，作這歌詞的人真了不起！我念給你聽；無言獨上西樓，月如鉤，寂寞梧桐深院鎖清秋…………」香盈唸完，彼得說：「當真是好詞！」香盈繼續說：「還有這一首：明月幾時有？把酒問青天？不知天上宮闕，今夕是何年，我欲乘風歸去……」

　　「轉朱閣，低綺戶，照無眠，不應有恨……」彼得接着唸下去，末了說：「這是北宋時蘇軾，亦即是蘇東坡作的詞，意境高雅，無人能及，可不是現代人所作的歌詞。」

　　香盈吶吶的說：「原來是蘇東坡，怪不得！」

　　彼得安慰她說：「前一首是李煜，亦即是李後主所作。你還年輕，如對這方面有興趣，可以多花些時間學習。」當下把李煜寫這首詞的背景約略的告訴她，香盈沒有料到她今天聽到的歌，作詞者都是宋代的有名詞人，一時興奮得說不出話來。

　　彼得見電話裏沒有了聲音，便道：「有個人昨晚看見我

們在中環出現，很想見見你，過兩天我們一齊食飯好嗎？」

「同你的朋友食飯，何須問我？」她有些奇怪。

「這個朋友是我們第一次見面時你在卡拉 OK 短暫見過的，如果你介意，就不理會他。」

「不，他是你的朋友，遲早會見面的，我不會介意。」

過了兩天，在駛去布袋澳的路上，莫平在車廂的後座有感而發，笑着說：「真奇怪，香盈，為什麼那天見你就像醜小鴨，今天就容光煥發？」

莫平初見香盈那天，她確實較為憔悴，而且衣著過於普通，甚至是衣不稱身。經過這些時日，她心境變得舒暢，衣服也整齊合身，神采愈發煥然一新。

香盈笑着回頭，說：「那天你的心就在另一個的女生身上，可有注意到別人？」

莫平說：「那時我們本來就要離去，你卻在最後一刻出現，彼得真是好運氣！」

香盈笑靨如花，說：「為何不說是我好運氣？那天我來時，要是錯過一班車，就會錯過了彼得，人生真奇妙！」

莫平卻道：「我不知你喜歡彼得些什麼？我估計他不會帶你去卡拉 OK 和的士高，他是個頂沉悶的人！」

香盈只是笑，說：「喜歡去卡拉 OK 和的士高的人，通街都是，有何稀奇？」她續道：「我現在一周五次的中英文

補習，才體會到知識增長的樂趣。」

香盈對答如流，莫平一時語塞，以為香盈口才了得。但其實她只是順着心中所想，隨心意說出來而已。

彼得開着了車上的歌曲錄音機，解圍說：「莫平人長得英俊不用說，還最會哄女士開心！」

莫平說：「這只不過是職業需要，做名牌香水化妝品這一行，客人大都是女人，只有她們開心，才能做成生意！香盈，你改天來我店舖，看看有什麼喜歡的就拿去，我自然會跟彼得收錢！」

香盈笑說：「我很少用這些東西，給我也是浪費！」

彼得笑着：「莫平歌藝好，唱情歌唱得可好呢，加上這些女性恩物，說不定獲得了不少女士的芳心！」

「還說呢！我現在是孤家寡人，老婆和孩子都在加拿大。以前你有時還找我食飯，現在連人影都不見，可謂重色輕友之至！要不是我看到你們在中環拍拖，還蒙在鼓裏。」

這時錄音帶播放着《我很醜，可是我很溫柔》這首歌。彼得右手握着駕駛盤，左手伸出，執起香盈的手握着，開玩笑的說：「這不是說我嗎？」

香盈啐道：「你很溫柔麼？怎麼我不覺得？」內心卻甚受落，面紅起來，只是當着外人面前，有點不好意思，輕

輕的要把手掙脫，不遂，也就罷了。

　　來到形狀像布袋的布袋澳海灣，三人從山丘拾級而下，經過洪聖古廟，到了小漁村。

　　此處背山面海，建了小碼頭，清朝時姓布的蜑家族人已在此居住。

　　多年前便有些遊艇來到此地中途停泊，上岸覓食。到現在已經有了兩間主要食肆，魚池養着許多活海鮮，客人挑選了後才烹飪。食肆在海灘靠岸處架起椿木，鋪上大木板塊作為地板，四邊上角架起可以收放的巨型帆布，天氣好時帆布收起，夜晚可以看到星空，下雨時把平時捲起來的帆布放下，又不怕淋雨，實在別有風味。

　　挑選了海鮮，彼得點了些蔬菜。莫平說：「還是香港好！多倫多哪裏會有這麼多游水海鮮和新鮮蔬菜！」

　　彼得說：「聽說現在士佳保區多了很多香港人居住，你老婆在那裏不愁寂寞罷？」

　　莫平苦笑了一下，抱怨說：「何止不愁寂寞，簡直是快活不知時日過！每日送兩個仔上學之後，中午同一幫太太們飲茶食飯，飯後打麻雀。晚飯亦出外食居多，我們住的那街道別名叫寡婦街，住的大多數都是香港移民，老公在香港拼搏，老婆在那裏享福！」

　　彼得莞爾一笑：「不知是哪些好事之徒改的名，也不怕

損陰德！」

「去年底他們回香港過聖誕節，一味嫌住的地方太細，完全忘記了以前也是住在同一地方。除了食，現在似乎難有同一話題。」莫平搖搖頭。

彼得忙向莫平打眼色，莫平渾然不覺，繼續說：「我也想有個紅顏知己，前些時間認識了一個在酒樓工作的女生，不過她就像軍隊中的女兵，就算是在牀上也甚是豪邁，像騎兵騎着馬，馳騁沙場，實在難堪折騰！只好分手了！所以我才說彼得你好運氣！有香盈這像仙女般的人物陪伴。」

彼得好氣又好笑，不知他往下會再說些什麼，連忙笑說：「喂，有女士在，注意言詞！」

莫平陪着笑說：「嗳喲，是我不對，有怪莫怪！」

香盈不由得也笑了，莫平言者無心，但聽者有意，有些話，在她心裏像撒下了的種子，萌了芽。

日子一天天的過去了，彼得閒時大部分時間都與香盈在一起。如果是去遠處，彼得會駕車，每次送她回家，她都不捨得落車，有時就繼續在車內聽歌聊天。任何時候打電話找她，她幾乎都在，約她任何時間相會都可以。

這天，補習老師楊小姐教了香盈兩小時的英文，留下了功課，着她自行練習。到了天黑的時分，她知道彼得今

天不會找她了，簡單的煮了個麵，填飽了肚後，盤算着要不要打電話給他。

彼得的電話響了，是香盈的聲音：「還未回家？」

他放低聲音說：「正參加一個前輩的喪禮，在殯儀館的大廳內，守夜默哀，我不跟你多說了。」

「那你吻我一下！」香盈要求。

「不行，這種場合，這麼多的人！」他低聲的拒絕。

「四天沒見了，你又不給我電話！」

「過二天是星期六，我們看電影，逛街，好嗎？你早點睡吧！」

「不，你不這樣做，我會睡不着的。」她堅持，嗲嗲的撒嬌。

彼得無奈，只好步出大廳，對電話輕輕的發出吻聲。

隔離大廳正在做着道教的法事，嗩吶聲加上鑼聲中，穿着紅黃色道袍，道帽，手持寶劍的道士正在開始表演破地獄的把戲。

香盈根本聽不到，就說：「聽不到，我不依，你要大聲的吻我！」

彼得沒有辦法，只好行到了走廊的盡頭，再把吻聲放大。他聽到了香盈的笑聲，是的，香盈滿意地笑了，笑得很開心。她對他向來順從，這一次她卻向他提出一個荒

謬的要求，在進行法事的殯儀館內對着電話，用聽得到的聲音吻她！他最初不願意，不過最後還是照做了！此時的香盈，心情有些矛盾，她隱約感受到他的狼狽，竟有些快意，誰叫他從不報告行蹤？

掛了電話後的彼得，腦海有些混淆，整個殯儀館，看到的人都是肅穆的，和從電話裏傳來的開心笑聲，很不協調，像是不真實的，甚至是荒誕滑稽的。

回到了廳內。幾個尼姑圍坐在長桌正在誦經，眾人靜靜的聽着，部分人拿着派發的經書對着唸。

少時就出社會做事的彼得，最初認識都是年紀較長的前輩，至今多已零落。免不了要常到殯儀館致哀，他對死亡有一種看法；人死多半如燈滅，無論是通往極樂，還是永生，都很可能是虛幻的。然而所有的儀式，卻都是積極的，無非是安慰尚在世間的親朋戚友，撫平他們的傷痛罷了。正如有佛學者講過：「法事超渡的不是亡魂，而是在世者的人心！」他本來心情平靜，但經過香盈來電話擾攘，此刻內心思潮起伏，有着一種荒謬不經的感覺。

過了兩天，在夏季悶熱的天空中，突然間電光閃過天際，雷鳴聲轟隆的巨響，隨後下起傾盆大雨，香盈和彼得正在旺角的大街上要過馬路，大雨突然降臨，走避不及，只好趁着斑馬線綠燈亮起，趕快過了馬路，在商場入口處

避雨。但已淋濕了身，看來非要換過衣服不可了。他們剛才吃過了午飯，逛唱片舖時，彼得買了張喜多郎作曲的絲綢之路和 Kenny G 色士風音樂唱片送給香盈，本來想去看場電影，但現在當務之急是換過乾爽的衣服。

可是每逢有的士經過停下，就有多人去搶，幸好有很多的士在這商場前落客，不一會兒更有兩輛的士同時到達，他們截到了其中一輛，彼得吩咐司機到何文田山道。

香盈初次來到彼得的家，他們分別在兩個浴室沐浴，換過了乾淨的衣服，香盈浴後穿着了彼得的衣衫，趿着拖鞋，從客廳走到廚房，見地方寬敞，不過裝修簡樸，一個長長的魚缸，從貼近牆壁處伸展，分隔了客飯廳，三面看透，只不過缸內無魚也無水，看來有些滑稽。

她微略遲疑了一下，說：「想不到你的家雖然大，卻如此樸素。」

彼得想考一下她的心思，就說：「依你看，該如何處理？」

香盈輕輕的搖頭，說：「這樣面積，我可沒有想過，以前準備結婚時，我倒是想過用黑白兩種顏色裝修佈置。當然，能放些植物就更好了。」她說得自然，彼得知道她已經走出了婚變的陰霾。

他們舒適的偎依在沙發聽色士風音樂，悠揚的樂韻使

人心境輕鬆，兩人由當初的坐着聽，變為臥着欣賞。天色逐漸昏暗，駕車出外晚膳。

星期六的九龍城創發潮州菜館，雖然時間尚早，但已快滿座了。這裏地方不甚精緻，但勝在菜式種類繁多，打冷和小菜館結合。彼得喜歡這裏風味傳統，同香盈來過好幾次了，他用讚賞的語氣說：「這裏的小炒火候控制不錯，你看這韭菜花炒咸豬肉一點也沒過火，恰到好處。」

香盈笑了笑，說：「這有何難處，容易得很。」見他蹙起眉頭看她，便說：「你不信？明天是星期日，不要出外食飯，你試試我的手勢！」

彼得半信半疑，說：「明天有印度廠商帶貨過來，我要回公司一趟，下午五點鐘在家恭候大駕光臨。」

第二天彼得返回家時，香盈已提着大塑膠袋在門口等候。入到廚房，她把用透明小膠袋裹着的材料一包包的拿出來，原來早期的處理她已經做妥。她小心翼翼的拿出一束梔子花，最後是二排用小塑膠袋裝着的白蘭花，笑着對彼得說：「你先拿出去找花樽放好，要不然你在這裏妨礙了我做事，不知什麼時候才有飯食！」

彼得先把白蘭花放在了小碟子中，一時香氣溢出，加了些水養着。再把梔子花放進了醉紅花瓶，注入了水，放在飯桌的另一邊。紅的瓶，綠的葉，白的花，暗香流動，

點綴了飯廳的空間。

待菜餚擺上了桌，都是些家常小菜：小炒、半煎煮沙錐魚、沙嗲牛肉炒芥蘭、潮州粥。

當下兩人吃菜佐酒，香盈見彼得有些驚訝的望着自己，這是預期之內，她說：「怎樣？可以嗎？」

彼得讚道：「好得很！特別是這小炒內裏有韭菜花咸豬肉，加上了魷魚和芽菜仔，應該較難以處理？想不到你真會燒菜！」

香盈苦笑說：「這有什麼稀奇，窮人家的孩子，自小就要當家！」

彼得說：「話雖如此，也不見得每個人都有這天分！」

最後是白果燒芋泥，彼得心服口服，喝着功夫茶，說：「潮州的甜品，我不懂欣賞清心丸綠豆爽，但很喜歡白果芋泥和反沙芋。不過反沙芋比較難處理吧？」

香盈笑說：「不，反沙芋很容易做的，最重要的是要芋頭本身夠粉。秋天快來了，秋風起時芋頭就夠靚！」她又說：「你其實不用請時薪傭工清潔，我每隔一天來一次，很快便可以做好！」

「你把時間盡量用在學習或正常的工作上面就好了，何必理會這些瑣事！」

以前的香盈，甚少出主意，今天興致似乎很濃，她邊

收拾碗筷邊說：「接着的星期日，我們去大嶼山禮佛，順便食齋好嗎？」

「去寶蓮寺？不是不好，不過假期人太多了！」

「有一個寺院，人流不算多，我以前去過一次，齋菜很出色，叫……什麼名字，一時記不起了。」停了片刻，香盈說：「記起了，是清真寺。」

聽了香盈說的話，彼得就笑了，說：「你有沒有記錯？」

香盈再想了一下，說：「就是清真寺！」

彼得忍不住笑了出來，說：「不會是清真寺，你再想想別名字好了。」

香盈心中疑惑，有些不服氣，問道：「你怎肯定不是清真寺！」

彼得笑說：「我們去九龍公園那天，就經過清真寺，這是回教寺院的總稱。」

香盈釋疑，尷尬的笑了，說：「你是百曉生！」

彼得輕輕搖頭，說：「這只不過是常識而已，你多留意身外事，自然多懂一些。」

22. 十月花香

　　星期日早上，天色陰沉沉的，間中有些毛毛雨，也就打消了去大嶼山的念頭。

　　兩人在旺角吃過了午飯，看了上星期六沒看到的那場電影，叫《阿郎的故事》，快完場時，香盈哭得一塌糊塗，兩包紙巾都用完了，她不自覺地拿起彼得的衣袖來拭淚。散場後，香盈的思緒還在電影的氛圍裏，當她伸手過來挽着彼得的手時，才發覺彼得的左邊的衣袖都濕透了。

　　彼得說：「是你幹的好事！」

　　她尷尬的笑，說：「到服裝店買過些袖衫來替換？」

　　彼得望着她笑笑，點點頭。她轉到了彼得的右邊，挽着彼得的手，頭靠着他，走進了附近的 Esprit。

　　香盈替彼得挑了兩件休閒袖衫，自己也看上了兩件。彼得到更衣處把身上沾濕了的袖衫脫了，換上了新的。香盈提着裝着內有彼得新舊衫的塑膠袋說：「放假的時候，穿着應該這樣的吧？現在看來多麼精神！」

　　彼得付了錢，看看手表已到六點多些，他吸取了上星期的教訓，這次把車停了在旺角，這時嫌人流太多，就快步朝停車場走去，取車向大埔道駛去，經過了華爾登酒

店，到了近大圍的沙田茵餐廳，他們挑了室外的桌子。香盈一坐下來，彼得就說：「你仔細看看，今日看的電影裏，有沒有在這裏取景？」

香盈看了一會，說：「啊，張艾嘉和周潤發就在此處相會！」

她一面說，一面用手驅趕在她頭頂聚集細小的蚊子。彼得叫她把剛才買的運動袖衫披在頭上，笑道：「這裏賣的是印尼回教徒的食物，你現在就像一個穆斯林的女人，可惜膚色太白，不像印尼人！」才講了幾句，一個年輕人走過來，他輕晃着腦袋，眼光閃縮，焦點時左時右，手中拿着紙簿和筆，等候客人落單。

彼得眉頭一皺，笑着問：「你從印尼來香港的吧？多久了？」

這年輕人不自覺的站直了身，語帶疑惑：「快……三個月了。」

彼得說：「先來一打豬肉串燒沙嗲，一瓶啤酒。」

小伙子嘟噥的說：「我們這裏是印尼餐廳，沒有豬肉串燒，只有雞肉和牛肉。」

彼得笑着說：「那就半打雞肉，半打牛肉吧。既然是印尼餐廳，就要印尼啤酒好了！」

小伙子吞吞吐吐的說：「沒有印尼啤酒，只有青島啤或

嘉士伯。」

香盈忍住笑，說：「就青島啤吧！你先落單，沙嗲來了我們再叫別的！」

待他離開後，她說：「你怎知道他是從印尼來的？」

彼得笑說：「我猜的，這地方我來過幾次，從未見過他。這裏的老闆是印尼華僑，這年青人呆頭呆腦的，又帶些口音，要不是自己人，怎會請他來這裏工作！」

香盈橫了彼得一眼，笑咪咪的說：「為什麼要尋人家開心？你就是愛作弄人！」

彼得笑得有些曖昧，說：「我見這小子偷偷的窺看你，覺得好笑，就跟他開玩笑。沒有惡意的！」

香盈此時心中暖暖的，說：「人長大了就多煩惱啦，還是小孩子可愛！」

彼得心中一凜，說：「為什麼你會這樣說？」

香盈本想試探一下，這時見彼得緊張，就說：「你看今日電影裏的童星，扮演的角色多麼的可愛！要不是他，我會掉那麼多的眼淚嗎？」

彼得稍為安心，說：「孩子無辜，父母做了錯事，卻要孩子承受！千萬小心！」

及後的星期日，他們果然去了大嶼山的靈隱寺。香盈本來想先去禮佛進香，但見進餐的地方還有空位，怕過些

時候就沒有坐位，就依了彼得的意思，吃過了齋菜後才進大雄寶殿。

香盈纖手拈香，在佛前燃着的寶燭點火後，分了一半交給彼得，彼得接過，上香後雙掌合十，恭敬三拜，上了香，退在一旁。香盈雙手攏着香跪下三拜後才上香。然後拿來了籤筒，跪着求了支中吉籤，牽着彼得去聽解籤，解簽籤先生是個約五十歲的中年人，樣子似是教書先生。聽香盈說要問姻緣，更點明是和眼前人的姻緣。當下便了然於胸，本來中吉的籤文，給這解籤先生說得更是花團錦簇。香盈心花怒放，給了雙倍的費用，挽着彼得下山。彼得沒有料到香盈求的籤竟會與自己有關，先是嚇了一驚，聽着解籤人解說，心中更暗暗叫苦不迭。香盈卻還在想着籤文的意思；雖然有些波折，但卻是大團圓結局！她心情舒暢地走着，笑容滿面的說：「菩薩是不會騙人的！彼得，你說是嗎？」

彼得脫口而出，說：「菩薩哪會理會這些事！況且菩薩有時也會打瞌睡吧？」

香盈的笑容霎時間僵硬了，變了面色，淚水不斷的淌下。彼得心中不忍，卻不知如何慰解才是。香盈愈想愈氣，看見山邊圍着引水道突出的紅毛泥部位，就坐下來不走了。他們這時正在往大澳的路上，行人稀少，初時還

有些行山客匆匆而過，到後來就像天地間只剩下兩個人而已。彼得俯身去攙扶香盈，她掙脫不從，撇了撇嘴，說：「你既然不珍惜我，你走罷！不要再理會我！」

幸好當天太陽不算猛烈，天氣也較涼快。然而太陽開始西斜，再不起行，途中天黑了，路就不好走了，如果下起雨來，那就更麻煩。彼得乾着急，又不能用強，無計可施，最後嘆了一口氣，說：「好吧，你不走，我就陪伴你在這裏過夜！」說着輕撫她的臉，感覺淚水猶在，就用衣袖拭乾淨了她的淚痕，身軀緊貼着香盈。

就這樣耗着，也不知過了多久，香盈站了起來，面色已經緩和。原來她氣漸消了，心境平靜了。她睨着彼得，沒有說話就起行了，彼得忙趕上前跟上，她伸手扣着彼得的五指，拉着他加快了行速。

過了幾天，兩人正在找地方吃晚飯時，彼得的手機響了，他接過電話後，說：「我不能和你食飯了，阿媽不舒服，我得去看看。」

香盈說：「我和你一起去吧，也可以服侍她老人家。」

彼得忙道：「不可，你去了我怎樣交代我們之間的關係，她定然會要我離開你的！況且已有一泰藉傭人照顧她。」

香盈只得罷了，彼得尋思：前二天我去和阿媽食飯，

她看來還是好好的，難道是她知我後天去印度，又想我去見見她罷了？

去了一趟孟買，彼得回來時，秋風已然涼颯颯了。

香盈已經在海港城一家時裝店上班了，公司薪金非常的低，靠的是佣金，人人都想在客流多的時間上班，她卻選擇了工作時間不長，而且星期六、日都可以放假的時段，這正好是香盈最想要的，她寧可入息跟別人差一大截，也要盡量不影響陪伴彼得的時間。

十月金秋的一個晚上，香盈下班後，在尖沙嘴地鐵站月台會合了彼得。乘坐地鐵到了灣仔，彼得牽着香盈的手，行入了灣仔新鴻基中心，二樓一家名叫 Viceroy 的印度餐廳。入內後兩人四周觀望了一下，香盈說：「沒想過有這麼高級的印度餐廳。」

「這裏應該是全香港數一數二的印度餐廳吧？聽說是香港的印度裔首富夏利里拉家族擁有的，開業了幾個月吧？」

落單點菜後，彼得從身上掏出了一個紅色絨布的扁盒子，沒有包裝，外表平平無奇，他俯身把盒子放在香盈的身前，說：「打開來看看。」

香盈也不為意，打開盒子一看，是一條粗身足金鍊穿過一個心形的金墜子，墜子只是簡單的鑄了個壽字，外圍有不同的花紋環繞。

她拿在手中，沉甸甸的，翻過背面，中央刻有兩行字，定睛一看，刻着的是：

　　十月花香盈淺笑

　　四時安康享永年

　　香盈的眼睛登時濕潤了，她強忍着淚水，站起來，說：「嗯，你還會作詩呢。快給我戴上！」

　　彼得笑了一笑，說：「這款式太老土，留着做紀念便算啦，不要戴着！」

　　香盈撒嬌跺足說：「我想配戴一會兒。」剛說完，兩行清淚還是落下了。

　　彼得連忙繞過去把金鍊給她繫上，香盈轉身雙手將彼得攬抱着：「我好想攬住你！」

　　在公眾場合如此親暱擁抱，他們還未試過，幸好這餐廳的客人全是西方和印度人，也沒有人理會他們。

　　彼得趁着香盈的生日送她這個足金鍊墜，其實另有一個用意，他想着，遲早便要和她分手，當她需要用錢時便可逐一變賣，可料不到她卻會如此的激動。

　　最令香盈感動的是那兩行字，也是她做夢也想像不到的，一直以來，她所遇到的人，都是比較粗疏的，哪會有這樣令人心跳的時刻？

　　過了片刻，香盈鬆開了手，說：「你幫我解開頸鍊吧。」

她恢復了常態，用紙巾印淨了淚水，笑容滿面。她此刻的心，充滿了喜悅。

天氣不着痕迹的，逐漸變冷了。

這晚他們在九龍城的泰國菜館食過晚飯，彼得駕着車漫無目的前行，不知不覺間，車輛通過狹窄的大潭道水壩段，已經是夜深無人的時候，彼得找了個勉強可以泊車的地方停下了車，他們沿着有燈光的地段行走了一會，到了一個凹位，可以看到水壩下的山谷，找到了兩塊石頭坐下，遠處是水壩，背後是樹叢，四周靜悄悄的，唯有偶然經過的車輛，車頭燈發出的光，穿過樹叢的殘光碎影，以及輕微的引擎響聲。

彼得從大衣內掏出裝有錢的信封，遞給香盈，她卻不伸手接住，只是面色凝重，凝視着彼得，緩緩的說：「每次收你給我錢的時候，我的心就會痛，撕心裂肺的痛！我不想收你的錢了，但如果不收下你的錢，我又怕你會離我而去，我就人財兩空，一無所有！我只想你能給我一個承諾，我現在最需要的是你的一句說話，不是給我錢。」

彼得料不到香盈這樣說，不覺怔住了，取笑說：「這樣吧，你願意跪低斟茶給我老婆，情願做妾侍奉她嗎？」

「我願意！」香盈答得爽快。

彼得嚇了一跳，他萬萬沒有料到過會有這樣的答覆，

一時間說不出話來。

香盈卻認真起來，笑了，說：「我都願意！不過你要愛惜我多一些，不要讓我多受委屈。你放心，我會對兩個孩子很好的。」

彼得本以為跟她開個玩笑，以她的性格，她亦會嗤之以鼻的。這時連忙澄清說：「我跟你開玩笑而已，你怎可當真？這是什麼年代了？何況就算我真的同我老婆講，她亦不會同意的。」

香盈默默的不說話。彼得思索了一下，說：「你不想收錢，這樣吧，我幫你開個證券戶口，買了匯豐銀行的股票放入去，好嗎？」見她不置可否，只好安慰她說：「你不要多心，我從未把你看作低三下四的女人！」

香盈給他說中心事，這是她內心的一根刺，當下欲言還休。彼得說：「我年紀大你一倍，我估計你阿媽知道後亦不會同意我們繼續交往的。」

香盈說：「我會說服阿媽，她會接受的。況且隨着年齡增長，就不會相差一倍。」

彼得輕輕的搖頭，笑說：「再過多廿年，我年過六十啦，你才過四十，狼虎年華，滿足不了你的。」

香盈哧的一聲笑了，說：「放心吧，我食量不大！」

彼得有些急了，說：「你現在還年輕，有些事還未明

白，再過多些年月，你就會後悔的，但青春卻已經消逝了。」

香盈眺望着遠方，再轉頭，閃爍的眼光變得堅定，說：「你不了解女人，當女人真正愛上一個男人時，是不會變心的，起碼我不會！」

彼得愣了片刻，苦笑道：「你也不了解男人，當男人說愛你的時候，可能在心裏同時對着別的女人，說着同樣的話。」

香盈氣極了，她苦惱的說：「你有說過你愛我嗎？我可沒聽過！你有提及過我們的將來？沒有！彼得，你太自私了！你從來沒有說過一句令我放心的說話。哼，就連一句惦念我的話也不敢說，你只顧着自己，想着有朝一日你要離開我時，自己的良心好過！」

彼得從沒有見過她如此激動過，他自知失言，目光慢慢變得溫柔，搖搖頭，說：「我現時的良心一點也不好過，和你在一起時我覺得對不起我老婆，見不着你時又覺得對不起你！」

香盈的心情激盪，望着他，說：「你把所有的資產給了老婆和孩子吧！從頭來過，重新創業，我會全心全意投入協助你！好歹我對這行業也有些認識！」

彼得再次嚇了一驚，他從未想過香盈會這樣說，大為

驚訝，說：「我從沒有想過會離開老婆和孩子，這不是資產或是錢的問題，你為什麼有這樣的想法，是我誤導了你嗎？」

香盈臉頰飛紅，她整理了一下思路：說：「我們相識初期，我感覺你是不快樂的，好像有某種鬱結在你內心深處，後來舒緩了，近來卻又好像有了些心事，你有什麼顧慮？」

彼得苦笑了一下，說：「事情不是像你所想那麼簡單的，兩個人既然結婚，就要相伴一世，我現在這樣做已經不對，離開她我不可能做到，你要有分手的心理準備。」

「你知道嗎，我為了接近你的所知所想，很努力的補習，以前最怕看書，現在卻產生了興趣，如果我們分手，我很難回到以前的心境，你害人不淺！」香盈眉頭深鎖，幽幽的說。

「是嗎？怪不得近來和你在一起時，香氣就不斷的飄送過來。」彼得一本正經的說。

「你說什麼……」香盈聽不清楚。

「是盈香加上書香！」

「你……」香盈說不出話來，氣得一槌打在彼得身上。

「夜了，我送你回家吧。還有，幾乎忘記跟你說，這個周末，我不能和你食晚飯了，有朋友移民加拿大後不如

意，回流返香港工作，大伙兒相約聚聚，約定了晚膳，每人各付自己的份額。」彼得繼續說：「其實這些聚在一起拼酒應酬的場合，我早已不感興趣，已經盡量少去。」

香盈訝異地說：「旁人都搶着移民加拿大，他卻回流香港？」

「是啊，他以前在香港高薪厚職，但在加拿大卻變成沒有任何工作經驗的新人，工作的職級和待遇都是天壤之別！」

香盈微微一笑：「幸好，我們這些人可沒有這種煩惱！」她嘟了一下嘴，說：「說好了周末一齊食晚飯，而今撇開我！」語氣稍微不快。

「這樣吧，星期六下午和你看場電影，然後我才去酒樓，好嗎？」

23. 與敵同眠

周末的下午，香盈去到了旺角的花園餐廳。

這餐廳其實並沒有花園，只不過在角落放置了些盆種植物，時常轉換，倒有些清新的氣息。現在剛過了午餐人流最多的時間，她找了一個靠窗的卡位，要了杯鴛鴦，一份三文治。從手袋中取出了一本叫《一千零一夜》的書，是彼得送給她的。她看着書，耐心等候彼得的到來。

來餐廳前她先去戲院買了兩張四時三十分電影的票，是朱莉亞羅拔絲主演的《與敵同眠》，不久前想看時落畫了，現在有戲院重新上映，不想再錯過了。

香盈放下看完了的書本，呷着已經快冷卻的鴛鴦，想着與彼得共處的時光，認識了彼得之後，慢慢的她感覺自己的眼界擴闊了，感受到了一個迄今為止，從未有過的世界，猶如朗月高掛，清風拂面般的美好。心想，現在他送我匯豐股票，算不算純是金錢的關係？

她十七歲出來做事後就忙着應付各方面而來的追求。不過細想以前眾多的追求者，都知識較貧乏，太市井了。突然間，香盈想起了她的前男友，早前原本已有一個分了手的女友，還有個可愛的三歲兒子，她初入職時，便看見

那可憐的女人時常利用尚未開市的時間，帶孩子到火鍋店和他相處，有時順便收取撫養兒子的費用。

她那時為什麼會接受他的追求？還答應他的求婚。現在看來，真是可笑？

但彼得的心到底是怎樣想的？她希望從彼得那裏得到一句踏實的話，但無奈試過多種的方法，還是無法得到。其實她何嘗不知，一句承諾並不就會永久不變，她以前的未婚夫就給了她許多的承諾，也不是話變就變嗎？但，彼得不像以前所有認識的男人，從未對她許過諾。他和我的關係會長遠嗎？這樣的日子，能夠維持長久嗎？

香盈獨自想着自己將來的事，正想得出神，彼得來到了，見她還沒有察覺，就用手輕輕的撫摸了一下她的臉龐。

彼得還未食午餐，也是要了份三文治和鴛鴦，很快便食完了。

看完了電影，他們的心情仍然為電影中，朱莉亞羅拔絲的遭遇而沒法平靜下來，兩人邊走邊討論電影裏的各種細節，香盈說：「這世上真的有這樣的男人？真可怕！幸好你不是這種人！」

說到這裏，酒樓已經在望。香盈無奈地抽開穿過彼得臂彎的手，兩人依依不捨的話別。

冷不防身後有人喊道：「彼得，這次可捕捉到你啦！」

彼得轉身一看，是舊友阿海和道清二人笑嘻嘻的望着他和香盈，彼得尷尬的說，「她是我的朋友，準備回家了，我們進去吧！」

阿海說：「既然已經來到了這裏，就一齊進去吧！何必客氣。」

原來阿海首先發現彼得，見他身旁有女生，態度親暱，就放遠跟着，道清接着來到，見阿海鬼鬼祟祟的遠距離跟着別人，一看之下，也就一齊跟了過來。

彼得正要推卻，阿海笑說：「我們不會難為女生的，放心進去吧。」道清馬上附和，也說：「當然！」

彼得猶豫的望了望香盈，見她紅着臉笑了笑，微微點頭。就說：「好吧，就一齊吧。」

四人穿過了大堂，進入了包房。阿佳、艾拔、神明、已經到了，正坐在沙發閒聊。彼得一出現，阿佳就大聲的叫讓：「稀客到啦！」及見到身後的香盈，靜了下來。彼得為香盈逐一介紹後，眾人起哄。

阿佳說：「彼得，你一向都不愛拈花惹草，是我們心目中的保長，怎麼就突然間變成汪洋大盜？」

神明說：「是啊，當年大家都想介紹女生給你，特別是阿美最熱心，你卻一直不感興趣，諸多推搪，現在怎麼變了？」

彼得吶吶的說不出話來，把目光轉向了阿海和道清。阿海忙道：「我和道清答應過，大家不會難為這位姑娘的，至於彼得，大家愛怎樣就怎樣吧！」

　　阿美尾隨四人踏入房間，這時就說：「你們怎麼說起我來了？」

　　阿佳外號多嘴街，哪肯放過這個機會，便說：「阿美，你來得正好，這十幾年前，他不是對你說不想交女朋友嗎？彼得，你自己說，要怎樣罰你？」

　　彼得無奈，只得說：「我不知道，你說呢？」

　　神明解圍說：「就罰他一瓶拔蘭地，如何？」

　　多嘴街說：「另和每個人對飲一杯！」

　　眾人齊聲說好。

　　彼得笑着說：「罰一瓶酒我樂意，但和每個人對酒一杯，叫我如何不醉？」

　　阿美示意侍應過來，在她耳邊吩咐了幾句，然後笑吟吟的說：「彼得，你今天看來逃脫不了！」

　　彼得說：「阿美，你酒量好，助我一下好嗎？」

　　阿美笑說：「就算我肯，大家都不會答應的。何況你確是罪有應得！」

　　說話間，侍應拿來了一個托盤，內有一瓶軒尼詩，多隻喝白酒的小杯。彼得知道難以脫身，嘆說：「空肚飲酒，

我很快便會醉，看來敬不到最後的一位，就會醉倒了！」

正在此時間，一碟西蘭花炒帶子已上到桌上，眾人入坐起筷。這十多年來大家各奔前程，已甚少這樣的聚會。

香盈不明白為什麼這熱葷話到就到，彼得卻心中明白。

原來阿美一直任職酒樓，從侍應做起，現在已經是這間頗具規模的食肆的高級主任。十多年前有個無賴調戲阿美，神明剛好在場，挺身而出勸阻，受了點輕傷，認識阿美之後，雙方曾往來甚密，但神明改不了浪子的性格，二人離離合合，關係撲朔迷離。

阿美對彼得素有好感，剛才悄悄的通過下屬吩咐廚房用最快的速度炒來一熱葷，給彼得墊胃。此時侍應遞給每人一杯酒，只有七分滿，彼得知道這也是阿美吩咐的，當下也不再多說，向身旁的道清碰了一下杯，一飲而盡，侍應再將酒斟入杯中，彼得依次向艾拔，阿佳敬酒。

輪到阿海，在此時間，香盈站起來笑盈盈的說：「此事因小妹而來，餘下的敬酒可否由小妹代替？」阿海笑說：「同靚女對飲，榮幸之至！」站起來舉起杯乾了。

接着是神明和阿美都一一乾了。道清這時問：「艾拔，你在多倫多的情況如何？」

艾拔搖頭說：「黃腫腳——不消提，我在香港時好歹也是大公司的部門主管，但這些資歷都不被承認，他們要的

是加拿大經驗！我找不到適合的工作，最後只好做送貨司機，薪金不多，要動手把貨物搬送到客人手上，老闆是華僑，非常刻薄，除了送貨，還要做簿記工作。」

道清說：「那你可以應付嗎？」

艾拔苦笑，說：「馬死落地行，我買了屋在西區的密西沙加，這區的屋較平宜，環境也不錯，不過每天早上迎着初升的太陽，駕車一小時到市內的唐人街公司返工，黃昏時向着西斜的陽光返家，眼睛非常的疲憊！」

阿佳說：「所以你就返回香港啦？」

艾拔說：「嗯，幸好我和舊公司一直有聯絡，和老闆的關係也很好，剛好別的部門有空缺，就問我想不想回巢，不過就比以前低了半級，我以前的副手因為之前頂了我的位置，現在比我還高級，我也不介意！」

道清問：「老婆和孩子會回來嗎？」

「不會了，二個讀中學的兒子，都喜歡加拿大的讀書環境，我有時間就飛過去吧！自己辛苦一些也值得！」

閒聊了一會，神明說：「我們唱歌吧！」他對香盈說：「阿妹，先由你開始！」

侍應把目錄遞給香盈，她選了一首《漫步人生路》，因咪高峰連着的電線不夠長，她走出座位，半向螢幕，半向眾人，隨着音樂唱起來。

這首多年前由鄧麗君主唱的粵語歌，曾經風靡一時。在坐的都是久歷風霜之人，聽着這歌，都回想到以前的日子，或苦或甜的時光。

　　阿美心中奇怪，這姑娘年紀輕輕的，竟然可以唱得如此投入，看她唱歌時目光一直漂流在彼得的身上。阿美在酒樓工作十幾年，見慣了世間的悲歡離合，心想這小姑娘對一有婦之夫用情，苦頭可有得吃了。

　　一曲既畢，眾人拍掌叫好。香盈回到彼得身旁坐下。阿美職責所在，離席去了，直至半小時後才再回來。

　　大家輪流唱歌，邊食邊唱，彼得亦順大家的意，點了一首倆忘煙水裏，與香盈合唱，香盈本來對這首歌的詞無特別的感覺，但此時唱到了「塞外約／枕畔詩／心中也留多少醉」時，她的腦海出現了城門水壩那晚的畫面，當唱到了「獻盡愛／竟是哀／風中化成唏噓句」時，她眼睛濕潤了。兩人唱畢回座，彼得的心卻還在想着香盈唱歌時，對着自己含情脈脈的目光，再想到剛才離開電影院時，自己也有很多的話想和她說，為什麼？是不是近來自己對她的感情，不知不覺中也投入多了？他不想香盈過度投入，更不想自己投入過多，這太危險了。只是面對眾人觥籌交錯，高談闊論，把酒言歡，他不及細想，只是略感不安。

　　第二天彼得醒來遲了，香盈早已起牀，早餐時間已

過，她想在廚房找些材料做午餐，但雪櫃只有幾個橙，幾隻雞蛋，廚櫃有些即食麵，幾罐罐頭，她在米缸找到了些米，煮了些粥，開了罐午餐肉，切成片。

看見彼得踏入廚房，便說：「食些潮州粥好嗎？」

彼得說：「好啊。」伸手就將香盈擁入懷裏，香盈笑着，嗔說：「食粥先啦，好不？」

彼得只好放開雙手，香盈把午餐肉煎香了，淋上蛋漿，熄了火，不等雞蛋熟透，隨即上碟。

彼得幫忙把粥搬到餐桌。香盈見他左手拿着湯匙，汲粥放入口，右手握着筷子挾起午餐肉往嘴裏放。笑着說：「你食慢些，小心噎住了，你心急什麼？」

她不用匙，拿起碗用筷子撥粥入口中，說：「我們潮州人食粥通常只用筷子。」

彼得放下匙，改用筷，說：「剛才是餓了，我不用趕的時候，也是用筷子食潮州粥的。」

兩人吃過粥，香盈把剝了皮的橙肉送入彼得口中。

24. 今宵別夢寒

午後，彼得駕車想去大坳門看人放風箏，不知如何竟駛入了安達臣山道，靠着山邊，他看見一條從未進入過的路，想看看會通到那裏去，終於到了路的盡頭，他把車停泊，與香盈沿着小徑前行。

才行走了一會兒，就看見前面許許多多的青天白日滿地紅旗幟迎風飄揚。彼得這才知道他們來到了調景嶺了，這是一處久聞其名，卻從未來過的地方。

再行入內，但見大部分都是搭建的寮屋，頗為簡陋。

然而臨海，且依山而建，別有風味，但人在其中，頓感這裏好像是香港以外的世界，並不是屬於香港的地方。

在小街上行走，小商店毗連相接，但冷清清的，且所看到的多數都是老年人，有一種淒清的感覺。

他們逛了一會，見有一家茶餐廳頗為整潔，走了進去，內裏角落處坐着一年邁的男子，放下手中的報紙，起身前來相迎。

彼得忙道：「老伯，請問有咖啡奶茶小食供應嗎？」

「有的，不過要稍等一會，老闆很快便會回來。」

「沒問題，我們可以等。」彼得見這老伯看似六十多歲

的年紀，高高的偏瘦身材，但穿着整齊，與在街上見到的略有不同，便說：「老伯也不是這裏的人？」

「不是，我是來避靜的，在這裏小住。」

「老伯好福氣，城市人難以偷得浮生半日閒，你卻可以在這裏避靜。」

「說不上福氣，其實每個人都可以的。」

「老伯也請坐吧！」彼得和香盈一齊坐了下來，說：「我叫彼得，她是我女朋友，叫阿盈。」

「我姓劉，是這裏的老闆的好友。」他見彼得先自我介紹，有些好感，說：「我現在退休了，老伴已經去世了，子女不同住，無所事事，有時會來這裏暫住，說是避靜，其實是找人作伴。」

閒話間，老闆回來了，是個接近七十的歲數的老人，頭髮花白。他問：「要吃雞蛋三文治嗎？我剛買回來了新鮮的雞蛋！」聲音帶有北方的口音。

「好啊，就麻煩你來兩份雞蛋三文治。」彼得中午吃得少，已經有些餓了，正想問有什麼可以吃的。

老闆端來了三杯咖啡，一杯是給劉伯的。

劉伯說：「這地方難得有外人到來，你們為什麼來這裏？」

彼得說：「我們是無意中闖入，想不到竟如此的冷

清！」

劉伯說：「這裏興旺的時代已經過去了。一九四九年國共內戰國軍戰敗後，大批退伍軍人，眷屬，支持者逃到了香港，有部分過去了台灣，部分因台灣國民黨政府無法接濟而被迫滯留香港。那往後的十年，人數比較多。」

老闆這時端來了三文治，他坐了下來，說：「我們初來這裏時約有八千人，最多時約有一萬。當時認為調景嶺只是暫居之地，待國軍反攻大陸成功，便即可回到故鄉。那些年，每逢雙十節，青天白日滿地紅旗幟漫山遍野，近年的雙十節已經大不如前了。唉，到如今幾十年過去了，我們這批人很多已經去世，剩下的早已沒有人再相信國民黨能夠反攻大陸了。」

劉伯說：「其實政府早有規劃，要清拆調景嶺的寮屋，將調景嶺部分山坡剷平，將取出的泥土，填平山下的將軍澳海灣，填海建設新市鎮。這裏的居民，都在等待房屋安置和賠償金。你看九龍城寨已改建成公園，調景嶺離拆卸的日子也不會遠了。」

彼得說：「劉伯，你精神奕奕，思路這樣的清晰，這就退休，可惜了？」

劉伯笑了一笑，說：「一到夠年齡我就不做啦。」

「哦，為什麼？」

「我以前是便裝探員，那時當差的，沒有人的雙手是乾淨的，因為你不收黑錢，也會影響別人發財，是不可能立足的。」

彼得點點頭，表示理解。劉伯對着香盈揚一揚手，說：「那時你還未出世，不會知道當時的黃賭毒是多麼的厲害，警隊與黑社會狼狽為奸，逼良為娼，包庇賭檔、毒販。」

香盈說：「你覺得不對，可以不當警察的啊。」

劉伯苦笑，說：「像我們這些讀書不多的人，英文更一竅不通。找份像樣工作實在不容易啊，幸好我少時習白鶴拳，身體強健，考入了警察學堂。」

彼得省悟說：「既然你當差幾十年，積蓄很多，所以退休後就優哉游哉。」

劉伯搖頭，說：「不是，不是，我那時女朋友可多着呢，那些黑錢全花在她們身上了。」他見兩人都有不解的神色，解釋說：「那些傷天害理的黑心錢，用來養雞仔都長不大啦，何況養人，所以我把正經的薪水全給了老婆做家用。這些不義之財就絕大部分都益了那些麗人，有時同一時間會有一個以上女朋友。」

香盈臉上的笑容不見了，說：「你太過分啦，你三心兩意的對人家，別人也會三心兩意的對你！」

劉伯掃了兩人一眼，說：「我就是不想她們全心全意的

對我，她們都知道我還有別的女朋友，過一段時間就會灰心離去，不會虛耗她們的光陰，對雙方都好！」

香盈欲言又止。彼得說：「你一直都這樣？」

劉伯說：「也不是，廉政公署成立後，警察大幅度加薪。但沒有了黑錢，收入還是減少了。加上不再年輕啦，這些黑錢用完後，就沒有再交女朋友了。」

彼得怕惹香盈不快，不想在這話提再糾纏下去，就對老闆說：「老人家，您今後有何打算？」

老闆搖搖頭，吟道：「天之涯，地之角，知交半零落，一瓢濁酒盡餘歡，今宵別夢寒！」語帶蒼涼，神色茫然。

彼得默然無語，告辭後，與香盈在調景嶺走了一圈。覺得整個環境暮氣沉沉的，心想，一個時代的終結快將到來了。

一陣冷風吹過，他轉過頭來，香盈的長髮在飄曳，他對香盈說：「此處風大，你冷了吧？」

香盈輕輕的搖頭。彼得看她稍稍蹙着眉，深邃清澈的眼眸裏，帶着一抹憂鬱，似是觸動了心事，抿着小嘴，平日常現的笑容也消失了。他怵然心驚，心想我既然不能與她長久，再拖拉下去，徒自變成雙方的痛苦。

彼得取車駛到了西貢，天色漸暗，他與香盈偶爾會來的一家澳門菜餐廳，招牌燈這時剛好亮起。進去了，上了

二樓，選了角落靠窗的桌子，這是彼得最喜歡的位置，坐在這裏通常都會多給一些小費。

彼得這次叫了葡式燒乳豬，烤風蟮，葡汁焗四蔬，這都是香盈喜歡的菜式，因為她自己做不了這些小菜。

香盈喝着啤酒，勉強笑了一笑，說：「認識了你之後，我也不知是禍是福，我比以前開心了，但心境卻變得複雜了。」

「為什麼？」

「怕你不要我！」她凝視着彼得，似是認真，也像是開玩笑的說。

「你從沒有想過離開嗎？」

「沒有！你捨得我離去？」

「不，我怎捨得你離開？但總有一天我們會分手的。」彼得黯然的說。

她的心揪了一下，卻說：「開心些，不要淨說這些泄氣話。」

飯後，彼得把車駛到了不遠處的西沙灣酒店，那裏連着一個小沙灘，他們在夏天時來過這裏過夜，那時可以玩獨木舟，在沙灘或泳池游水，但現在已經入冬，就什麼活動都停止了，好像有點與世隔離了。

兩人在岸邊小路行走了一會，已到了沒有燈光的地

方，夜空中的星光，不足以照亮遠處的小島。香盈幽幽的說：「戀愛中的人，男的都會說，要把星星摘下送給戀人，明知是假的，女方也會很開心，但你從不肯哄我！我不要你錢，只要你一句話，你也不肯照做，我真不知你是個怎樣的人？」說到後來，聲音竟有些啞了。

彼得無話可說，俯身將香盈抱起，說：「我舉高你，看你能不能把星星摘下？」說着盡力把她抬高。

香盈感覺一顆心懸了在半空，不上不落的，突然有一些的淒清的感覺，她勉強的笑說：「算啦！我不要星星了，唉，有你，難道還不滿足？」她的身體慢慢的滑落，當胸脯貼在他的臉時，她的雙手，抱在他的頭上，原本敞開的外套，裹着了彼得的頭，他似乎聽到了她的心跳聲。

一連兩日，彼得心神不定，思索着與香盈的關係應該怎樣結束。

他曾經幾次想中止這場遊戲，香盈生日那晚過後，他就想找機會提出，但怎麼找，都找不到一個好時機。有一次，他想開口說這事時，香盈卻一直開心的笑，他實在不忍心，也捨不得，始終下不了這決心。

漸漸地，彼得從當初感到刺激和歡愉變成了痛苦和煎熬。

正在煩惱間，老賀來電話找他，問有沒有空晚膳，當

下約了尖東的德興酒家，見面後，彼得見老賀精神不振，問起緣由，原來令老賀不安的是市長會快將離任，繼任人也定下來了，卻是原先誰也預料不到的。

市長離任是早已經知道的事，繼任人會在市領導眾人內提升，兩個最有機會的人展開激烈的競爭，另有一人不願捲入派系鬥爭中，藉口要落地方考察，就離開政府辦公室。這位仁兄只帶司機和老賀，四處流連住宿，有些地方還是窮鄉僻壤。飲帶來的美酒，食各處的美食，就這樣過了十來天。老賀想都沒有想過他回來後不久，竟然升任為市長，真不知是好運還是深不可測！雖然老賀和眾領導的關係都不錯，但總不及現任市長。俗話說，一朝天子一朝臣，自己將來的處境不知會如何？

兩人喝着拔蘭地加冰，老賀問彼得可不可以這幾天不要約人晚膳，預留時間，因老廠長會過來，他喜歡天香樓的杭州菜，但兩個人吃不了太多菜式，想找彼得做陪客。

彼得說：「好的，由我做東吧！上一次你們已經請過我了！」

老賀笑道：「那已是一年前的事了，這算是公事上的應酬，問你想不想合作在內地開首飾廠。你說對首飾廠不熟悉，不想做這門生意，但後來仍然按要求找了許多的資料給我們參考，老廠長對你的印象很好。老廠長提起過你，

說想找機會和你吃頓飯。他是香港公司的董事長，不會輕易欠人情，況且我們有個小金庫，哪用得着你請客？」老賀頓了片刻，說「有件事，不知你有沒有興趣？」

原來他們公司有一個在上環的物業，要出售償還公司的部分貸款，相熟的中介已找到客人，現在需要一個靠得住的人先簽便宜五十萬的臨時合同，然後再以原價加上五十萬元轉手售出，這五十萬的中間價到手之後，交回四十萬給老賀轉交老廠長和書記，因為他們三個月後就要退下來，正要為將來的生活作出些安排。

彼得很快便明白了其中的原委，明白這事確實不會有金錢上的風險。但他不想賺這種錢，婉拒了老賀的好意。老賀也說無所謂，因為願意做的人會很多。他續說：「我現在最擔心的是誰會接任董事長！」

「誰任董事長對你來說，分別很大嗎？」

「那當然，董事長有權決定香港公司如何收取內地公司的服務費用。換言之，香港公司能賺多少錢，董事長一錘定音！老廠長是老一輩的知識分子，懂技術，文化大革命時住過牛棚，有抱負，又有人情味，常常都會一碗水端平，這樣的人並不多。」

彼得本來想和老賀談談香盈的事，此時只顧着好言安慰老賀，人更疲憊，當下結了帳，二人道別了。

25. 隨風而逝

彼得回到家中，微微有些酒意，沐浴後躺臥在牀，想早點睡眠入夢，然而與雨荷的多年往事在腦海中流動；有時明明是陽光燦爛的日子，卻突然間狂風暴雨，天烏地暗，日月無光，令人無所適從，就如一葉孤舟在風雨中失舵，不知會漂往何方，舟內人筋疲力盡，在快將絕望時，卻又風平浪靜，艷陽高照！

她是不愛我才會如此的嗎？如不愛我，又為何嫁我？她難道不知道這會是一個悲劇？

突然間，他想起雨荷曾經講過：「如果你有外遇，千萬不要向我坦白，切記不要讓我知道。」這是什麼意思？是非常介意？還是⋯⋯？彼得沒法得到答案，他以前從未有想過自己會有外遇，所以不以為意，但現在的情況還不算是嗎？內心的犯罪感令他特別的難受。

第二天醒來，天氣轉冷了。寒風料峭的時節已經來到，聖誕節快將來臨，趕貨的時間已經過去，公司的事務早已變得清閒。

彼得開車接香盈來到了三門仔海灣的聯發海鮮酒家，香盈穿着新買的紫色薄身的羽絨外套，內裏穿着青色純羊

毛衫，她把外套脫下放在隔離的椅背上。對彼得笑盈盈的訴說生活上的瑣事，見彼得有些心不在焉，她停了下來，問：「你怎麼啦？是不是累了？」

彼得提起精神，說：「沒什麼，只是想着些事！」

吃過了晚飯，彼得把車駛到大尾篤，停泊在停車場，二人徒步經過了划艇訓練中心，上了船灣淡水湖的大堤壩，優閒的散步。

寬度可以雙線行車的長堤壩，隔開從山上流下的水不再流入海。堤內是淡水湖，堤外是咸水海，相隔不遠，就有路燈，夜空中的星月，並不需要明亮。

兩人走了好一會兒，這時已坐在堤壩邊沿高出的外圍墩上，面對着平靜的湖水，不過心情並不平靜。

他們不是第一次來這裏了，但這次的心情，跟以往完全不同，特別的凝重，彼得硬着心腸，清晰的告訴了香盈，兩人的關係不可能再持續下去了。香盈緊閉着嘴唇，一言不發，她其實早已有一些預感，只不過總是認為彼得是捨不得離她而去的，只覺得目前的狀況，有可能會永遠持續下去的。

此時她的心空蕩蕩的，她別過頭，不讓彼得看着她淌淚。呆了一會兒，香盈拭乾了淚水，說：「我們還會再見嗎？」

她見彼得沒有回答，沉默了片刻，說：「好，我明白了，是我自己癡心妄想，你放心吧，我不會纏住你的，我不會連這點自尊也沒有！」

　　彼得不知怎樣去安慰她，半晌才說：「不是這樣的，你玲瓏剔透，應該知道，我是怕再見到你，就捨不得分開。愈遲分手，愈會增加我的罪愆，你說得對，我是一個自私的人，只顧着自己的良心好過些！」

　　香盈心亂如麻，沒有再說話。

　　彼得從衣袋中掏出了一張單據，牽了一下她的衣袖，說：「前幾日，我再買了些匯豐股票存了在你的證券戶口，你留着，如無急需切莫賣出。」

　　見她仍舊不作聲，就把單據放入她的手袋裏，說：「我們回去休息吧，都累了。」

　　回到了平時香盈下車的地方，她轉過身來，雙眼殘留着淚漬，抿着小嘴，說：「我們不再見面了？你真捨得？」

　　彼得吁了一口氣，黯然說：「就是怕捨不得，才不能再見面！」

　　香盈凝望着彼得，本來會笑的眼睛，此刻了無神彩，說：「就算不再見面，你也不准忘記我！」

　　彼得點點頭，她沒有說再見，默默的下了車，加快了腳步，身影飄過了馬路，彼得的心像給針扎了一下，望着

她的背影飄上了幾步台階，上了平台，不知轉去了那裏，消失了。他的心疼痛中竟然夾雜了如釋重負的感覺，獃了一會，方才開車離開了。

兩日後，彼得接到了老賀的電話，他劈頭就說：「這個星期六我們在會清市搞一個飯宴，其中有一味瓦煲熨田鼠，這些田鼠都是食稻谷的，我以前也跟你提過，別具風味，你不要錯過，我預留兩位給你？」

彼得苦笑說：「我跟香盈分手了！我自己也沒有心情去！」

電話聲停了一下，老賀有些意外，說：「是她自己要離去的嗎？」

「不，是我提出的，我不同你，不想拖得太久，我怕自己也會陷進去，是時候要結束了！而且聖誕節快將到來，雨荷和孩子們也會回香港。」

「唔，這的確是個問題，我理解！嗯，澳洲的天氣和香港相反，快放暑假了吧。」

「快了，剛才接到雨荷的電話，改早了機票，過幾天就回香港了，孩子一放假，就馬上回來，學校還有些活動，也放棄不參加。也不知是不是已經聽聞到風聲！」

「沒有那麼嚴重吧？」

「其實前些日子，我和香盈在青山寺食齋時，我們憑欄

而坐，我發覺有一雙眼睛向上盯着我，眼神可怕得很！人我卻不認識，這女人很快便沿下山的路離開了，我也想不出是誰，現在看來，或許是雨荷娘家的人吧！」

「可能是杯弓蛇影吧？」

「嗯，可能是！不過在別的場合，也有機會給別人看到的，世上那有不透風的牆！」

「你要做好預防措施。重要的是如何穩住雨荷，得想個辦法！」老賀關心的問：「那你準備如何應對？你會矢口否認？」

「不，如果雨荷問到，我就一定會如實供認！」

「吓，為什麼？」老賀大感意外，說：「萬一她要離婚，怎辦？」

「我只能尊重她的意願！」彼得平靜的說。

「是嗎？」老賀簡直不相信自己的耳朵，說：「你何必要承認，一旦離婚，如你承認有外遇的話，財產必然一人一半！」

「我已經想好了，我會保留足夠充裕的教育經費給兩個孩子，其餘的隨她要多少都可以！超過一半也絕無問題！」彼得的語氣仍舊十分平靜。

電話那邊沒有了聲音，半晌，老賀的聲音再傳了過來：「你好好的再想想吧！如需要我幫忙就聯絡我，我先去忙

了。」

　　放下了電話，彼得神情有些迷惘，他茫然望着窗外的天空，烏雲遮蔽了太陽，再看看街道仍舊是人來人往。他心裏想：「她不是時不時就對我有諸多的不滿和抱怨嗎？從來沒有表露過愛我的她，如果知道這事，將會怎樣做？」

　　彼得一整天都心情低落，吃過了晚餐，回到了家中，也是煩躁不安。他取車駛到了紅磡的黃埔街，泊好了車。

　　這街道全都是八層高的舊樓，俗稱唐樓，一幢連着一幢，沒有升降機，興建時的法例，八層高的樓宇，是可以沒有升降機的。

　　彼得在較近海的一幢樓的入口鐵閘前停下來等候。很快，鐵門打開了，有人走出來，彼得趁着空檔進去了，穿過牆壁上角露出一捆捆電線的走廊，踏上樓梯，上到二樓梯間的平台，從通風的欄栓看見天井，淡淡的霉氣飄送過來。彼得直上到頂層，從破舊的門走出，門簷下的燈光發出慘淡的光，橢圓的月亮掛在上空，清和的月亮光映照着連綿不絕的天台。彼得在空無人至的天台上踱來踱去，略微躊躇了一下，便逕自走到出入口處停下，他雙腳稍微彎曲，向上一躍，已抓緊了門簷的邊沿，雙臂運力，翻身上了簷頂平台。

　　彼得游目四顧，心想：一晃這麼多年，眼前所見，變

化太大了。前面所見的地方，那時都是海。這邊的天星小輪碼頭不見了，火車站旁邊多了個體育館，真的是變幻才是永恆！

漸漸地，他的記憶，回到了十多年前的那一個晚上，那晚吃過了晚飯，他和大伙兒上來這天台看煙花，那頓晚飯是母親特意安排的。因彼得在兩個月前告訴母親他戀上了，對象卻是她姐姐的外孫女，他詢問是否可以？

母親沉吟了一下，答案很清晰：「血緣上無問題，表兄妹尚且可以結婚，何況再相隔一代！她性情溫柔，樣貌娟秀，我非常滿意。你們年紀相差四歲，正好登對，只不過，她的家人應該不會同意你們來往的。她是家庭收入的主要來源，你只是一個小職員，他們期盼她的對像要有更好的條件！你們穩妥的做法是先不要公開戀情，待時機成熟時再說。」稍頓了一會，母親好奇的問：「你們幾時開始的？」

彼得笑了，對母親說：「半個月前，她想當媒人，介紹她的好朋友給我認識，她的朋友年紀比她略小，也非常漂亮，甚至可能比她更勝一籌。但不知是因為頭髮短，還是聲音不夠嬌柔，我對這位姑娘沒有感覺，反而對這個熱心的媒人婆上了心，約會了幾次，每次感情都很有進展。」

母親說：「你倆早已互相了解，所以感情可能會進展很

快。你要切記：動之以情，守之以禮！」

那時天台上人數眾多，很多人已經站在前頭，看不到煙花初升起時的情況，彼得就是先躍起上了這簷頂平台上，他蹲下俯身，向下伸出手，再把意中人接上來，居高臨下，佔盡地利，煙花看得清清楚楚。

他倆認為這是很自然的事。沒料到的是，她的母親和外婆見兩人眉目間流露出不一般的神態，感覺得事有蹺蹊，留意住事態的發展，終於……她母親威脅女兒，如果兩人不斷絕來往，她就會從家中窗口跳下。

彼得的母親亦備受壓力，勸彼得要懂得放手，要不然萬一出事，他倆的良心一世也會受到責備。母親語重心長的說：「她現在車牛仔衫褲廠工作，這種車衣機的針特別粗，講究的是眼靈手快。她有時還要加班，工餘還在補習英文。我擔心她，如果工作時心神恍惚，有可能會給這種粗針穿手而過，導致殘廢，亦會遺憾終生。」

彼得內心波濤起伏，這十幾年前的光影，迅速的在他的腦海中流轉了一遍；她的倩影彷彿正在向着他走過來，呼喚着：「彼得，你說過會和我到泰國乘坐玻璃船，看看海底的世界，何時可以成行？……不，我們不能繼續……我們有緣無分！你要忘記我，早日結婚！不要誤了自己！我希望你比我先結婚，忘了我！」但是，真忘得了嗎？直至

她結婚了，他遇上雨荷的目光，才能重新與女生交往。

彼得此刻尋思：往事如煙，她當年被迫離開我，就像煙花，燦爛過後，終會煙消雲散！分手後，絕望的我把抑鬱和悲憤鬱結在心底，拼命的工作，全副精神都放在事業上。這十多年來我一直耿耿於懷，只覺得上天對我何其不公！直到此一刻，方才想到，她當時所受到的委屈，可能並不比我少，反是我連累了她！⋯⋯如果我當時不是瞻前顧後，顧慮太多，豁出去盡全力周旋，結果又會怎樣？

彼得迎着海風，迄立良久，終於從多年前的影像回到了現實。

他悠悠的嘆了一口氣，心中默默許願；願從此刻起，你不再進入我的夢中！願以往所有的愛嗔恩怨，都已隨風而逝！

他蹲身從簷台上跳下，不再逗留，落到街道取車回家時，看見擋風玻璃的水撥夾了一張違例泊車的罰款告票。他笑了，這是預期之內的事，他掀起了水撥，將告票取出。

不可預料的是雨荷回來後的反應。

「我會遂她的意願。」彼得心裏輕輕的對自己說，他開着了汽車的引擎。

浮生若夢

作　　　　　者	且光
助 理 出 版 經 理	周詩韵
責　任　編　輯	葉秋弦
美　術　設　計	郭泳霖
出　　　　　版	明文出版社
發　　　　　行	明報出版社有限公司
	香港柴灣嘉業街 18 號
	明報工業中心 A 座 15 樓
電　　　　　話	2595 3215
傳　　　　　真	2898 2646
網　　　　　址	http://books.mingpao.com/
電　子　郵　箱	mpp@mingpao.com
版　　　　　次	二〇二二年三月初版
I　S　B　N	978-988-8688-34-0
承　　　　　印	美雅印刷製本有限公司